어느날,
봄

어느날, 봄

오미경 에세이

HAUM

세상으로부터 멀어지고 있는 당신에게,
봄을 선물하고 싶어요.

　힘들지 않은 인생을 사는 사람이 얼마나 있을까요? 언제나 행복하기만 한 하루가 이어지는 삶이 있을까요? 아마 행복한 날보다 힘든 날이 더 많을 거예요. 아니면, 아직 인생의 봄이 단 한 번도 찾아오지 않은 채 추운 겨울 속에서 떨고 있는 사람들이 더 많을 거예요. 빛이 보이지 않는 깜깜한 터널 속을 걸으며 희망조차 놓아버린 그런 당신에게 작은 불빛을 건네주고 싶어요.

　어쩌면 이 책은 나를 아는 모든 사람들이 내게 등 돌리게 할 만한 그런 계기가 될지도 몰라요. 나를 알거나 알지 못하는 이들에게 나를 보여준다는 건 그렇게 어렵고 무서운 일이에요. 그렇지만 용기를 내어 내 삶을 가감 없이 보여주기로 결심했어요. 오직 당신을 위해서요.

나의 삶은 평범하지 않았거든요. 평범함이나 평탄과는 거리가 먼 비포장도로를 달리던 그런 인생이었어요. 그런 삶에도 불구하고 난 지금 이렇게 잘 지내고 있어요. 이 책을 읽는 당신의 인생이 나의 삶보다 평범하지 않을 수도 있고, 아니면 평탄한 삶을 살고 있을 수도 있겠죠. 만약 나의 삶보다 더 어렵고 힘든 삶을 살고 있는 당신이라면 "고작 이런 일로 투정 부리다니"하고 포기하지 않고 지금까지 버텨준 자신에게 위로를 건네주세요. 만약 당신의 삶이 나의 삶만큼 힘든 삶은 아니었다면 "아, 저 정도까지 힘든 삶은 아니라 다행이다"하고 안도하며 다시 새롭게 시작할 힘을 가져주시길 원합니다.

마지막으로 우리 인생이 그리 행복하지 않더라도, 꽃 한 송이 없는 사막 같은 길이라 느껴지더라도 언젠가 봄이 온다는 것을 잊지 말아요. 꽃이 없으면 꽃을 심으며 꽃길 만들어 걸어가요. 나의 인생을 보여주는 것을 통해 나와 당신의 인생을 돌아보고, 함께 봄이 만개할 그날을 기다려요. 풀 한 포기 자라지 않던 나의 인생에도 작가라는 봄이 찾아왔듯이 당신에게도 그런 날이 올 거라 믿어 주세요.

지독히 비참해지고, 슬퍼지고, 상처 입고 세상에서 멀어지고 있는 당신의 손을 잡아 줄게요. 당신의 인생에 봄의 새싹이 돋아날 그날을 기다리며, 각자의 삶 속에서 "살아지는 삶"이 아닌 스스로 "살아가는 삶"을 살 수 있도록 곁에 있을게요.

언젠가 다가올 봄을 함께 맞이하러 가자고 당신 손을 붙잡고 묵묵히 곁에서 걸어주고 싶어요. 또 때로는 혼자가 아니라고 토닥여 줄게요. 힘들 때 내가 꼬옥 안아 줄게요. 그러니 당신, 나와 함께 봄 보러 가실래요?

어느날, 봄(See/Sight)이 시작됐다.

그리고

어느날, 봄(Spring)을 기다린다.

나의 인생을 보여주고 싶어요.

나를 통해 당신의 인생을 보게 해주고 싶어요.

그리고 우리의 인생에 봄이 피어나기를 간절히 바랍니다.

#1   나

각자의 인생이라는 막장드라마 속 주인공

어느 날, 수화기 너머로 들려오는 말

"잘하고 있어. 정말로."

그리고 붉어지는 나의 눈가, 찡해지는 코 끝

이 말이 뭐라고 눈물이 핑 돌았을까? 나조차도 당황스러웠다.

이력서와 자기소개서만 봐도 사람들은 내게 왜 그렇게

열심히 살았느냐고, 어떻게 그렇게 살았느냐고 물어볼 정도였다.

정작 나는 그것이 열심히 사는 삶인지도 몰랐다

쉴 새 없이 앞만 보고 달려가며, 넘어지고 울고 있으면서

눈물이 그치기도 전에 일어나 앞도 보지 못한 채 달리던 삶이

당연했다. 열심히 살았다고 생각한 적 없었다.

왜냐하면 그런 노력의 성과가 눈에 보이지 않아서,

29살에 내가 계약직을 전전하고, 학자금을 갚고,

점심 사 먹을 돈조차 없는 인생을 살고 있을 줄은 몰랐거든.

그런 내게 '잘하고 있다'라는 말은,

그동안의 설움을 알아주기라도 하듯

내 안의 약한 모습들을 모두 깨워 불러냈다.

독하게 이 악물고 사느라 내 삶을 제대로 보지 못했다

그 말 한마디에 이제야 내 삶이 제대로 보이기 시작했다.

"나 정말 열심히 살았구나. 정말 잘 해내고 있구나

내가 날 너무 몰아세웠어. 이제라도 알게 돼서 다행이야

내일도 오늘처럼만 살자. 난 잘하고 있으니까."

남의 말과 나의 마음이 하나가 되어 날 위로하던 날.

토닥토닥

잘하고 있어.

잠수를 타도 아무도 모르는 웃픈 시간

속상한 날이었어.

누구도 날 위로해주지 못할 것 같은 속상한 날

그런데도 누군가의 위로가 필요한 이상한 날

그런 날에 난 핸드폰을 꺼버렸어

잠수를 탄 거지

절절하게 내 걱정을 하는 누군가 있을지 모른다는 기대감으로.

핸드폰이 꺼진 시간 동안 내가 이 핸드폰을 다시 켜면

누구에게, 얼마큼이나 연락이 올까

이런 궁금증이 고개를 쓰윽 내밀지

상상 속에서 나의 핸드폰은 부재중 전화와 메시지가 가득했어

하지만 현실은 현실이지, 그것도 아주 냉혹한 현실.

아무도 몰라. 나 엄청 속상해서 잠수 탔는데, 아무도 몰라.

그러다가 꼭 영화나 뮤지컬 보려고 핸드폰 꺼놓으면

그런 날엔 무슨 큰일이라도 난 것처럼 연락이 엄청 오더라

그 연락 몰아서 나 속상한 날에 해주면 안 될까?

아 슬프다 슬퍼. 근데 또 웃겨.

혼자 쇼하고 혼자 정리하고 혼자 또 울고 웃고,

내가 봐도 내가 참

어이가 없네, 어이가 없어.

혹시, 제 정신 못 보셨어요?

집 안에 있어도, 밖에 있어도 가끔 내 정신을 못 찾을 때가 있다
집 안에도 없고, 밖에도 없으면 내 정신은 어디로 간 것일까.

한 번은 샴푸를 꾹꾹 짜서 폼클렌징처럼 얼굴에 비볐다
한 번은 치약을 쭈욱 짜서 트리트먼트처럼 머리에 발랐다
한 번은 안 좋은 시력으로 개 샴푸로 머리를 감기도 했다
한 번은 매니큐어를 지우려고 아세톤을 묻힌 솜을
눈 화장 지우려 눈두덩이 위까지 가져가기도 했다
잊히지 않는 아찔하고 톡 쏘는 그 아세톤 향…

그뿐인가. 내 정신머리는 밖에서도 없다.

언젠가 지하철에서 카드를 아무리 찍어도 안 찍혀 보니 사원증
언젠가 회사 출입구에서 사원증을 아무리 찍어도 안 찍혀 보니
교통카드
언젠가 옆구리에 핸드폰을 껴놓고서 잃어버렸다고 난리
언젠가 빨래를 빨래 통이 아닌 쓰레기통에 넣음
언젠가 알바 하던 정신이 튀어나와 띵~동 소리에 "네!"하고 답함

그렇게 나의 정신은 어디론가 가버렸다

정신 단단히 붙들고 있어야 한다고 속으로 다짐해도

어느샌가 없어져 버린다.

가끔은 정신이 도망간 채로 사는 게 재밌을 때도 있다

그렇지만 그건 정말 아주 가끔이다

일상이 된다면 그냥 미친X 되는 거다.

예를 들면, 비가 오지 않는 날에도

비 오는 날 미친X처럼 살아가는 그런 기분이 아닐까.

(새삼스럽게 내 이야기가 아닌 척해보지만 제가 이렇게 삽니다.)

그래서 하는 말인데,

혹시 길 가다 제 정신 보시면 저한테 연락 좀...

"진짜 못생겼다."

"얼굴이 터질라 그래"

"눈만 하면 괜찮아질 듯"

"다리가 코끼리 같다"

"비쩍 말라서 남자들이 싫어해"

"넌 얼굴이 생기다 만 거 같아"

위의 말들이 뭐냐고? 내가 들은 말이야

진짜 사실이냐고? 응. 사실이야. 다 내가 들은 말이야.

자존감이 바닥을 쳐서

저 말을 듣고도 꿀 먹은 벙어리처럼 가만히 있었다?

가슴 한편에 켜켜이 쌓여간 시커먼 염증으로 남아버렸어.

그래서 난 내가 참 싫었어

못생기고, 덧니도 있고, 눈도 작고, 키만 크고,

살 조금만 쪄도 덩치가 커지고, 거기에 가슴은 빈약하고,

허벅지는 두껍고, 안검하수 등등

안 좋은 소리만 듣다 보니 내가 정말 못난 줄 알고 살았어.

근데 있잖아, 저 말들이 사실이건 아니건 이제는 상관없어

그저 아무렇지 않게 타인의 외모를 평가하는 것으로도 모자라

입 밖으로 꺼내는 것 자체가 더 못난 사람이라는 걸 알았거든.

미의 기준은 상대적이야

우리 부모님이 힘들게 낳아 예뻐하고, 사랑해주신 나의 외모를

그런 기준으로 평가하는 건 무례한 짓이지.

못생긴 사람이라고 해서 저런 말을 듣고

"그래. 난 못생겼으니까..."하고 부끄러워할 게 아니라

못생겼다고 남의 외모에 지적질 하는 사람들이

부끄러워하는 세상이 되어야 해. 그게 정상인 세상이라고.

이 글을 읽는 당신들 중,

누군가는 타인에게 외모 지적을 받아 상처받았을 수도 있고,

누군가는 타인에게 외모 지적을 해서 상처 주기도 했을 거야

하지만 외모는 선물의 포장지와 다름없어.

죽으면, 한 줌 재로 사라질 뿐.

상처받은 이는 훌훌 털어버리고, 상처 준 이들은 자신을 돌아보길.

그리고 이제부터라도 당당하게 살자

뇌는 바보라서 누가 칭찬하든 상관없대

남이 말하든 내가 말하든 좋은 말이면

엔도르핀이 막 솟아난다는 거야

그래서 난 거울보고 이렇게 외치지.

"난 겁나 예쁘다! 겁나 잘생겼다! 내가 레알 킹왕짱이다!"

눈이나 비 오는 날, 생각나

갑자기 비가 쏟아진다

비가 올 거라는 예보가 있기는 했지만

늦은 밤부터 비가 온대서 우산을 챙기지 않았다.

볼일을 다 마치고 밖에 나오니 비가 조금씩 내리고 있었다

후드득- 후드득-

근처 가게에 가서 우산을 샀다. 점원이 말을 건다

"갑자기 비가 오네요. 그렇죠?"

"그러게요. 집에 우산 많은데 결국 우산을 또 사네요."

"저도 그래야 할 거 같아요. 참 이런 거 돈 아까운데..."

이런 대화를 주고받다가 나는 농담으로 이런 말을 건넸다.

"엄마 찬스 쓰세요. 가족들한테 마중 나오라고 하면 될 거예요.

안타깝지만 저는 혼자 살아서 우산을 살 수밖에 없거든요."

이 말에 직원은 이렇게 답한다.

"안타깝게도, 저도 혼자 살아서요. 하하"

그렇게 새 우산을 펼쳐 길을 가려는데
문득 어린 시절이 떠올랐다.

섬에 살던 시절 삼 남매는 걸어서 옆 마을로 등하교를 했다.
어느 날 폭설이 내려 언니와 함께 조심조심
눈으로 마비된 길을 걸으며 집에 가고 있었는데,
멀리서 검은색 옷으로 무장한 채 삽을 든 한 사람이 보였다.

언니와 나는 검정 패딩으로 꽁꽁 감싸고 목도리까지 하고 있는
그 사람이 재미있다고 키득키득 웃었다.
그리고 그 사람이 점차 가까워지자 우리는 더 환하게 웃었다.

바로 우리 엄마였기 때문이다.
혹시나 눈길에 발이 묶일까 걱정된 엄마는 옷을 동여매고
큰 삽을 들고서 눈길에 길을 내며 우리를 마중 나왔던 것이다.

아직도 비가 오거나 눈이 오는 날이면
언니와 나는 마주 앉아 그때 이야기를 한다.

그때의 기억 때문인지 무릎까지 눈이 차올라도 싫지 않다.
혹시라도 비 오는 날, 눈 오는 날,
우산이 없는 날이면 그 어린 시절처럼 엄마가 보고 싶다.

저 멀리서 큰 삽을 들고 둔한 걸음걸이로
자식을 걱정하는 마음으로 다가오던 엄마의 모습에
다 큰 어른이 된 지금도 눈 오는 날엔 엄마 품으로 숨고 싶어진다.

이젠 그럴 수 없는 나이이지만,
오히려 손수 눈을 헤치며 엄마를 모시러 가야 할 때지만,
그날을 떠올리면 여전히 엄마라는 존재가 얼마나 대단한지
엄마의 자식 사랑이란 어떤 것인지 마음 안에 또렷이 각인된다.

눈이 오나 비가 오나 멀리 사는 막내딸을 걱정하는 우리 엄마
엄마, 있잖아. 나는 이 기억을 죽을 때까지 간직하고 싶어
눈을 감는 그 순간에도 떠올리고 싶어.

내가 존재해야 세상도 존재한대

Y가 내게 물었다.

"너는 지금 네가 사는 세상이 진짜라는 걸 증명할 수 있어?"

아무 대답도 하지 못했다.

그런 생각을 해본 적이 없기에.

Y는 말을 이어갔다.

"지금 우리가 살고 있는 세상이 사후세계일지도 몰라.

살아있는 것처럼 느끼면서 힘든 일을 주고,

지옥에서 벌 받는 것일지도 몰라.

우리가 있는 세상이 어떤 세상인지 그 누구도 알지 못해."

그렇다. 이 세상의 삶이 현세라는 걸 누가 어떻게 증명할 것인가

나는 지금 죽어서 벌을 받고 있는 것인지 모른다

아니면 누군가가 설계한 꿈이나 소설 속의 주인공일지도 모른다

마치 '트루먼쇼'나 '스트레인저 댄 픽션'처럼.

삶에 지쳐 괴로워하는 내게 Y는 다시 말을 이어갔다

"미경아. 세상은 네가 존재해야 존재하는 거야.
네가 없으면 이 세상도 없어"

그 말은 내 인생을 바꿨다
지금 삶이 어떤 세상인지는 중요하지 않다.
중요한 것은 내가 있어야 이 세상도 있다는 것
세상은 나를 중심으로 돌아간다는 것
그러니 힘든 것도, 즐거운 것도, 슬픔도, 행복도
내가 세상에 존재한다는 것을 증명해 주는 것 이라는 것.

이 말을 잊지 않기 위해 손목에 타투를 새겼다
행성과 별 모양의 타투
이 세상의 모든 것은 나를 중심으로 돌아간다고
내가 세상의 중심이라는 것을 절대 잊지 말자고.

세상은 나를 위해 존재한다
내 세상에서는 나를 중심으로 흘러간다
당신의 세상 또한 그렇다.

"좋겠다. 키 커서"

"얼굴 작아서 부러워"

남들에게 종종 듣는 말.

"좋겠다. 서울에 집 있어서. 방세 안 들잖아"

"쌍꺼풀 있어서 부럽다."

남들에게 내가 하는 말.

살면서 자주 듣는 말이다

재수 없게 들리겠지만 170cm 큰 키에

살이 잘 찌지 않는 체질로 50~54kg 유지,

8등신이 가능하게 해주는 작은 얼굴과 골격.

남들은 나의 이런 점을 부러워하고 갖고 싶어 한다

하지만 이건 내 노력으로 얻은 것이 아니다

부모님의 좋은 유전자를 잘 물려받았을 뿐,

난 그 어떤 노력도 하지 않았다.

반면 나는 서울에서 태어난 사람이 부럽다. 방세 안 드니까.

눈이 크고 쌍꺼풀 있는 사람이 참 예쁘더라

근데 이건 내가 노력해서 바꿀 수 있는 일이 아니다

내가 태어날 곳을 선택할 수 없고,

의학의 힘을 빌리지 않는 이상 나의 눈을 크게 만들 순 없다.

세상에는 노력으로 바꿀 수 있는 것과

그럴 수 없는 것으로 나뉜다

그래서 노력할 수 없는 것들에 대해

나의 소중한 시간과 감정을 낭비 하지 않기로 했다.

노력 없이 원하는 것을 얻을 수 있는 일은 없다.

하지만 노력 없이 거저 얻을 수 있는 것도 있을 것이다.

그렇지만 나는 당신이 좌절하지 않고,

노력해서 얻을 수 있는 것에 집중했으면 한다

분명 당신도 남들이 노력해도 얻지 못하는 무엇을 가졌을 것이다

그리고 노력해서 얻을 수 있는 것 또한 무궁무진하다

그러니 우리 노력해서 바꿀 수 없는 일에 시간 낭비하지 말자.

- 손꾸락 같은 발꾸락을 가진 글쓴이가 -

초등학생 때는 중학생이냐는 말을 들었다

중학생 때는 고등학생이냐는 말을 들었다

고등학생 때는 대학생이냐는 말을 들었다

대학생 때는 4년 내내 매점 아주머니에게

"올해 졸업하지?"라는 말을 들었다.

실제 내 나이를 말하면 한결같이 "키가 커서~"라고 하지만,

키와 나이가 무슨 관련이 있단 말인가.

그리고 29살이 된 지금은 오히려 동안 소리를 듣고 있다

곰곰이 생각해보니, 동안의 특징은 '미리 늙음'인 게 아닐까 싶다

최소 10년 내지는 20년을 미리 늙어 놓은 덕에

나이가 들어서는 원래 나이보다 어려 보이는 게 아닐까?

그러니 지금 노안 소리를 듣는 젊은이들이여,

나이가 차츰 들어가면 "넌 어쩜 변한 게 하나도 없니?"

라는 말을 들을지도 모르니 너무 낙심하지 말기를.

그 설움을 한 3~40년 버텨야

저 말을 들을 수 있다는 게 매우 슬프지만,

그래도 지금 노안을 가진 젊은이들에게

꼭 들려주고 싶었던 말이었다.

노안을 가진 세상의 모든 젊은이들이여,

오~래 기다리면 동안이 될 수 있으니 슬퍼 말기를.

(써놓고 보니 나 왜 슬픈 거니. 하, 혼자 있고 싶다. 다들 나가줘)

어딜 가도 왕따를 당하던 나
어딜 가도 이상하고 못된 사람들만 곁에 수두룩했던 나.

그때는 주위 사람이 잘못된 것이라 믿었다
난 정말 괜찮은 사람이고, 아무것도 잘못한 게 없다고,
단 한 번도 나를 의심하지 않았다.

하지만 이 문제는 시간이 흘러도 계속됐다.

그러던 어느 날, 인기 많던 드라마 '시크릿 가든'에서
취미로 음악을 하는 구제불능 '오스카'라는 인물이
자신이 잘못한 사람들에게 사과를 하는 장면을 봤다.

"네~저 오스카입니다.
제가 전에 잘못한 거 사과드리려고 전화했어요!"

잘못을 인정하고 자신에게 나쁜 감정이 있는 사람과 다시 마주하여
사과를 한다는 것, 엄청난 용기가 필요한 일이었다.

오스카는 용기 있는 사람이었고, 나는 겁쟁이였다.

하지만 겁쟁이 모습 뒤로 내 잘못을 숨긴다면

나는 성장할 수 없다.

내게도 잘못이 있다는 것을 안다는 것,

정말 두렵고 무서운 일이었다

그럼에도 불구하고 용기를 내

그동안의 삶을 객관적으로 되짚어 봤다.

그랬더니 잘못한 일들이 하나둘씩,

모래폭풍의 모래알처럼 생각나기 시작했다.

남들 오해하기 좋은 쌀쌀맞은 말투

남이 필요할 때는 모른 척, 나 필요할 때만 연락하는 얌체

내 이야기보단 남 이야기, 그것도 험담·뒷말을 좋아하던 사람

솔직함을 가장한 무례한 말로 상처 주고,

약자에게 강하고 강자에게 약한 그런 사람이었다.

그게 바로 나였다. 이기적이고 못났다.

하지만 오스카처럼 사과하기엔 여전히 용기가 부족하다.

그런 그 시절에도 내 옆에 있어주던 친구들아

여기에다라도 사과의 말을 전할게

그때는 내 잘못이 없는 줄 알았고, 너희가 나쁘다고 생각했어

지금 생각해보니 내가 잘못한 게 너무 많더라

과거 나의 소중했던 너희에게 미안하다고 사과하고 싶어.

이제는 그런 사람이 아니야

아주 피나는 노력 끝에 이기적인 사람,

못난 사람에서 조금 철들었거든

용서는 너희의 몫이지만, 그냥 알려주고 싶었어.

내 잘못도 많았다는 것,

너희도 많이 힘들었을 것이란 걸

미안했고, 앞으로도 더 많이 미안해할게.

파울로 코엘료의 책, '흐르는 강물처럼'에서 이런 글이 나온다. "남의 집 정원을 돌보시느라…" 이야기인즉, 매일같이 자신의 정원에 와서 이래라저래라 하는 사람이 있었고, 그 사람이 시키는 대로 하다가 어느 날 그 사람의 정원에 가보니 형편없었다는 얘기. 남의 집 정원 돌보느라 자기 집 정원은 돌보지 못했다는 그런 얘기다.

이 이야기를 보며 날 사랑하는게 아닐까 하는 착각이 들 정도로 내게 오지랖을 부리던 한 사람이 생각났다. 일거수일투족을 감시하듯이 보고 있다 조금만 틈을 보이면 참견하던 사람. 이 오지라퍼의 특징은 내가 괜찮다는데도 손사래를 치며 계속 참견한다는 것이다.

나 : "나 남친 없는 게 더 편해. 안 만나는 거라니까?"
오지라퍼 : "어머어머, 불쌍해라. 솔로보다 커플이 더 좋은데ㅎㅎㅎ"

나 : "아 배고파. 나 오늘 5접시 먹을 거야."
오지라퍼 : "우리 앞에서 먹는 척하고 집 가선 아무것도 안 먹

지? 얌체네"

나 : "나 어제 공부 정말 하나도 못했어. 어쩌지?"

오지라퍼 : "웃기고 있네. 너 몰래 가서 공부 다 한 거 알아. 이러
면서 시험 잘 볼 거잖아?"

나 : " 몰래 공부한 적 없어. 대놓고 했는데?"

오지라퍼 : "(말없이 씩씩댐)"

나 : "하이힐 살 건 데, 뭐가 예쁠까?"

오지라퍼 : "170에 힐? 남자들은 키 큰 여자 싫어해. 그래서 네가
남자가 없는 거야."

이 오지라퍼의 오지랖을 가만두니 나날이 더해졌다. 결국 참지
못하고 크게 싸웠다.(그 과정을 쓰자면 정말 유치함의 극치라서
안 쓰기로) 그렇게 그 오지랖에서 해방된 줄 알았다. 아니, 그런
줄 알았다.

5~6년이 지난 후, 나의 SNS에 댓글을 단 낯익은 얼굴 하나. 그
오지라퍼였다! '헉' 하는 소리와 함께 바로 차단했다. 더 소름 끼

치는 일은, 다른 계정으로 나를 추가해 계속 보고 있었다는 것.

언제부터였을까. 나의 SNS를 몰래 염탐하던 너.

그 오지랖으로 너의 인생을 돌볼 수는 없는 거니?

이젠 화를 넘어 연민을 느껴

남의 인생 훔쳐보며 나의 불행에 기뻐하고,

남의 인생 훔쳐보며 나의 행복에 배 아팠을 네가 불쌍해.

네 인생인데 왜 남의 인생으로 너를 채우려 해

네 자신을 사랑하기에도 바쁜 시간을 왜 다른 사람에게 쏟는 거야

오지랖의 시선을 자신에게 돌려봐.

이제 너의 인생을 살아가자.

혼자여서 좋은 이유

· 하고 싶은 것, 먹고 싶은 것을 마음대로 고름

· 내 일정을 마음대로 할 수 있음

· 맛 집에서 웨이팅 안 해도 됨

· 남들 눈치 안 봐서 좋음

· 스스로 선택할 수 있고, 책임도 내 몫

· 잔소리하는 사람이 없음

· 책임질 누군가가 없는 것도 좋음

· 자유롭고 어딘가에 얽매이지 않음

혼자서는 아무것도 못하던 때가 있었다

혼자 밥 먹는 게 창피해서 하루 세 끼 컵라면만 먹었던 때도 있고,

혼자 축제 보는 게 비참해서 기숙사에서 공부하는 척하고,

그러다 혼자 있는 시간이 더 많아지자

혼자인 것을 즐기려고 마음을 고쳐먹었다.

그러니까 '난 혼자인 것을 스스로 선택했다'고 합리화했다.

이제는 누군가 어울려 어디 가는 게 더 불편할 뿐이다

해외여행도 혼자 가는데, 그렇게 좋을 수 없다

혼자서 무슨 재미냐고 묻지만, 직접 경험해보지 않은 이상 모른다

혼자일 수 없다면 그 어떤 일도 해낼 수 없다.

그러니 부디 그 불쌍한 시선 거두어 다오.

· 심심하고 같이 놀 사람이 없음

· 여럿이 가야 할 곳엔 갈 수 없음

· 여자 혼자 독립해서 사는 건 무서움

· 속상할 때 말할 사람이 없어서 외로움

· 인간관계에 문제 있는 사람으로 보는 시선이 싫음

· 주위에서 불쌍하게 생각함

· 날 걱정해주는 사람이 없음

이사할 때, 같이 도와줄 사람 없냐는 물음에

혼자가기 겁나는 곳에 같이 가줄 사람 없냐는 물음에

"네. 없어요."라고 덤덤한 척 말했지만, 사실 마음이 쿡쿡 쑤셨다.

혼자여도 괜찮다고 스스로를 위로하지만

가끔 혼자라는 사실이 눈물 나게 슬플 때가 있다.

나도 사람이기에 사람들과 모여 놀고 싶기도 하고

같이 맛있는 거 먹으러 다니고 싶을 때도 있다.

별거 아닌 일에도 전화를 걸어 큰일이라도 난 듯 얘기하고 싶지만,

말할 사람이 아무도 없다는 사실을 깨달았을 때,

고독에 사무치고, 왜 이렇게 살았는지 회의감이 든다.

혼자가 편하다던 말이 이제는 거짓말이 되어간다

사실은 안 그런 날이 더 많아졌기에.

"점심 사 먹을 돈도 없어요?"

완벽한 독립한지 어언 1년 하고도 6개월.

계약직과 알바를 전전하면서 자유롭지만 불안한 삶.

45만 원 월세, 5만 원 관리비, 40만 원 학자금,

9만 원 대출 원리금, 2만 원 주택청약,

일주일에 한번 가는 병원비와 그 외 공과금 등등

어떨 때는 160만 원으로, 또 몇 개월은 120만 원으로

또 어떨 때는 중간에 잘려 100만 원도 안 되는 돈으로

살아야 할 때도 있었다. 물론 고정적으로 나가는 돈은 항상 같았다.

30분 거리를 걸어서 출퇴근하며 교통비를 아끼고,

점심값이 아까워 김밥 한 줄로 해결하고,

커피가 사치처럼 느껴져 회사에 비치된 커피만 먹고,

저녁은 굶거나 그냥 밥에 김치만 먹었다

아껴야만 생활이 가능했으니까.

그러던 어느 날, 작정하고 정규직으로 입사한 회사에서

급여가 입사한 지 두 달 뒤에야 나온다는 말을 듣고
나는 점심에 잠을 잔다는 핑계로 점심을 포기했다.

그게 팀원으로 친해질 기회를 놓치는 거라고 나무라던 사람
"그러니까 누가 점심에 밥 안 먹고 자고 교육 때 뭐 먹으래요?"
라는 말에 나는 그동안의 설움과 분노가 터져버렸다.

당신이 뭘 안다고
내 '밥'에 관한 이야기를 왜 자존심까지 버려가며 얘기해야 하지?
나의 비참함을 왜 팀원에게 알려야 하지?

그런 나에게 팀장님은
"미경 씨, 점심 사 먹을 돈도 없어요? 차라리 말을 하지…"
라며 깊은 한숨을 쉰다
어떻게 말할 수 있었을까, 그게 나의 삶인 것을.

이후 다른 곳으로 이직했지만 다시 정당한 사유 없는 해고를 당했고,

여전히 삼각 김밥, 김밥 한 줄, 빵 하나로 버티는 날이 많다

요즘 세상에 굶어 죽는 사람이 어딨냐고 하지만,

취업 준비를 하며 혼자 살던 나는 밥 때문에 서러웠던 날이 많았다.

가진 것 없이 무모하게 독립한 사람이기에

누군가를 만나 놀고먹는다는 것부터가 사치인 인생이기에

밥 먹는 돈이 아깝게 느껴지는 인생을 살고 있기에.

누군가는 이런 나에게 궁상맞다고 한다.

누군가는 이런 나에게 안쓰럽다고 한다.

하지만 괜찮다. 점심 먹을 돈조차 없는 인생이라 할지라도

나는 그럼에도 불구하고 열심히 부끄럽지 않게 살고 있으니까

내가 평생 안고 가야 할 내 인생이니까.

모두가 가졌지만 나만 없는 것

무수히 많은 자소서를 쓰다 보면 꼭 등장하는 질문
"자신의 강점과 약점, 장점과 단점, 나만의 역량을 쓰시오"

수천 명의 지원자 틈에서 인사담당자에게 어필하려면
남들에게 없지만 나만 있는 무언가가 있어야 한다.
그때 난 모두 갖고 있지만 나만 없는 무언가가
불현듯 생각이 났다.

한국사 자격증도 없고, 유학 경험도 없고, 돈도 없고.

무수히 많은 '없는 것' 중에서
유독 가슴 아픈 하나가 툭 튀어나왔다.
바로 어린 시절 사진, '앨범'

우리 가족에겐 앨범이 없다.
우리의 어린 시절, 옛 시절의 추억이 담긴 앨범이 없다.

무수히 많은 것 중에 앨범 하나 없는 게
뭐 그리 큰일이라고 생각하는지 모르겠다.

하지만 그 어린 시절 앨범이 없는 것을
설명하는 것 자체가 난감하고 큰일이었다.

나의 어릴 때 모습, 백일, 유치원, 초등학생 시절 사진
나는 보지 못한 우리 언니, 오빠, 엄마, 아빠의 어린 시절 모습
그 안에 담겼을 추억 자체를 잃어버린 것이다
나는 앞으로도 평생 이 어린 시절을 추억할 수 없다.

자격증이 없으면 취득하면 그만이고,
유학 경험이 없으면 가면 그만이고,
돈이 없으면 벌면 그만인데
어린 시절 사진만큼은 이제 다시 찾을 방법이 없다.

가족 모두가 둘러앉아 사진을 보며 "우리 이때 이랬잖아"라며,
웃고 행복하게 보낼 수 있는 시간도 없어져 버렸다.

무수히 많은 것들 중

나의 어린 시절, 가족의 추억을 다시 찾을 수 없다는 사실에

한번 씩 쓸쓸함이 가랑비처럼 젖어든다.

우산 하나와 삼 남매 그리고 5만 원

아마 이른 아침이었을 것이다.

12살, 17살, 19살의 남자 하나, 여자 둘이

비 오는 날 큰 우산 아래 서로 몸을 붙이고

불안한 듯 주변을 두리번거린다

어서 버스가 오기를, 그리고 버스 안에 아무도 없기를.

버스가 오고 은행 문이 열리자마자 섬에서 육지로 가기 위한

뱃삯을 위해 13살 여자아이의 운 좋은 5만 원짜리 상품권을

현금으로 바꾸고, 배에 올라 또 주위를 두리번거린다.

40분간의 불안한 시간 동안 배를 타고 겨우 도착한 육지

셋은 그제야 한숨을 돌린다

그들은 빚쟁이에 쫓기는 부모가 나간 집에서 탈출하는 길이었다.

19살 남자아이와 17살 여자아이는 다시는 그곳으로,

그 섬으로 돌아갈 수 없음을 직감했다

12살 여자아이는 그것도 모르고 쓸모도 없는 것만 챙겼다

그리고 얼마나 힘든 삶을 살게 될지조차 모른 채 웃었다.

그날, 섬 동네에서 가장 높은 곳에 위치한

빨간색 벽돌집을 떠나와 지금도 돌아가지 못했다고 한다.

그 집에는 드라마에서 보던 것과 같이 벽에

온갖 빨간 딱지들이 붙었다고 했다.

스릴러 영화의 첫 장면처럼 긴장감은 가득했지만,

이제는 그저 웃어넘길 수 있는 어린 시절 기억이 됐다

그 삼 남매는 나와 오빠와 언니, 그러니까 우리 가족의 이야기다.

그때 그 우산, 그날의 비, 5만 원과 말이 없던 우리

그 기억이 있기에, 그 경험이 있기에

힘든 일이 있어도 우리 이렇게 잘 살고 있는 게 아닐까.

어릴 때, 갑자기 빚쟁이들이 집으로 몰려왔다. 집에 있을 때면 항상 부모님을 찾는 전화로 북새통이었다. 그 나이에 뭘 알았을까. 그저 우리 집에 빚이 얼마나 많길래 이러는 건가 싶었지. 어느덧 전화선은 뽑혀 있었고, 아빠는 집을 나갔고, 엄마는 아빠를 찾으러 갔다.

그리고 큰 집에는 삼 남매만 남게 됐다. 빚쟁이들에게 시달리던 그곳에서 빠져나와 여관방을 전전하다 겨우겨우 월세방 하나를 구해서 다시 다섯 식구가 모였다. 거기에는 공동 화장실이 있었고, 매달 돌아가면서 청소를 해야 했다. 방은 딱 한 칸, 그걸 칸막이로 나눠 삼 남매가 지냈고 나머지 반절은 엄마와 아빠, 그리고 거실로 사용했다.

아무것도 없는 그 집에서 우리는 다시 시작했다. 온수도 잘 나오지 않았고, 세탁기도 없어서 당시 학교에 가지 않던 내가 온 가족의 빨래를 손으로 다 했고, 청소를 하고, 밥을 해 놨다. 엄마는 식당, 아빠와 오빠는 공사장, 언니는 고등학생, 나는 전학 수속을 밟지 못해 학교를 한 학기 쉬며 그렇게 집에서만 시간을 보냈다.

그때 우리는 케이크 하나 살 돈도 없었다. 어쩌다 마트에서 사온 고기 한번 먹는 게 집안의 행사였다. 문을 열면 바로 방들이 촘촘히 붙어있는 그 집에서 우리는 몇 년을 지냈다. 지금 생각해보면 내 원룸만 한 그 방에서 어떻게 다섯 식구가 함께 살았는지 모르겠다.

신경숙 작가의 '외딴 방'이라는 소설을 보면서, 작가가 다른 소설에 쓰지 않던 그 내용들과 기억들이 우리 모두가 숨기고 싶어하는 '외딴 방'과 같은 기억이라 생각했다. 그리고 그 시절이 나의 외딴 방이었다. 지금의 내 모습을 본다면 사람들은 절대 믿지 않을 것이다. 어딜 가나 '돈 많아 보인다, 집이 부자냐, 부모님이 잘 사시냐' 라는 말을 들으니까. 찢어지게 가난했다는 과거를 말하면 거짓말하지 말라고 한다.

하지만 실제로 나는 정말 가난했다. 학교에 다닐 때는 늘 육성회비를 내지 못해 행정실로 불려갔고, 급식비를 받을 때에도 엄마의 눈치를 봐야만 했다. 다들 일하면서 집안을 일으켜 세우는 데 나만 돈을 쓰는 것 같아서 미안한 마음이 들던 외딴방이 싫었다.

고향에 내려가면 그때 우리가 처음 자리를 잡았던 그 단칸방 앞을 괜히 지나가보곤 한다. 그 이후로 우리는 이사를 셀 수 없이 많이 했고, 여전히 빚쟁이에 쫓기는 인생을 살았지만 그런 시절이 있었기에 나를 포함한 우리 가족은 이제 '힘듦'이라는 것에 내성이 생겼다. 집이 망하든, 사업이 망하든 다 겪어본 일이라 더 이상 무섭지 않던 것이다.

이제는 명절이나 가족 행사가 있지 않으면 다섯 식구가 다 같이 모이는 일이 거의 없어졌다. 각자의 삶을 살고 있고, 이제 케이크나 고기쯤은 아무 때나 먹을 수 있는 나름 성공한 삶을 살고 있다.

힘들었던 그때는 상자 안에 넣어두고 열쇠를 어딘가로 던져버린 채 평생 숨겨두고 싶은 외딴 방으로 남았지만, 그래도 누구 하나 다치지 않고 다섯 가족 모두 모여 함께 있던 그 시절이 가끔은 그리워진다. 나의 외딴 방, 우리 가족의 유일한 쉼터이던 단칸 방.

당신의 마음속 어딘가에도 외딴 방 하나쯤은 숨겨놨을지 모르겠다.

너는 정말 내가 부럽니?

사람은 자기중심적인 동물이라고 한다

그래서 생각도, 행동도 늘 자기중심적으로 하곤 한다

그리고 그것은 다른 이들에게 종종 생채기를 내곤 한다.

내가 너무 비참한 삶을 살 때,

인생의 바닥을 찍고 있다는 기분이 들 때,

살아보자고 홀로 꾸역꾸역 밥을 넣다 숟가락 든 채로 울 때,

돈이 없어서 김밥 한 줄, 감자 한 개로 끼니를 때울 때,

열이 39도가 넘어도 꾹 참고 알바 하러 갈 때,

일주일 내내 먼저 연락하지 않으면 아무도 내게 연락이 없을 때,

이런 때 누구에게도 손 내밀 사람 하나 없는 그런 때,

주위 사람들은 내게 이렇게 말한다.

"그래도 난 네가 부러워. 넌 나만큼은 안 힘들잖아."

내가 대학원 생활을 하는 것이

하고 싶은 일을 하는 것이라서 부럽다고 한다

내가 취업 준비생이라서

직장 스트레스에 시달리지 않아도 되니 부럽다고 한다
내가 결혼을 하지 않아 책임질 사람이 없어서 부럽다고 한다.

그런 말을 너무도 쉽게 하는 너는
대학원 학기가 시작되기도 전에 자퇴를 고민했던 나를 모르잖아.
너도 그럼 일 그만두고 돈 없이 공부하면 되잖아
너는 힘들 때 네가 꾸린 가족이라는 울타리 안에 속해 있잖아.

우리는 철저히 자신만의 삶만 살 수 있고,
다른 사람의 삶이 어떤지 죽을 때까지 결코 알 수 없어.

그런데 무슨 기준으로, 어떠한 이유로,
다른 사람의 행복이나 고통에 대해서
그렇게 쉽게 평가하고 쉽게 말할 수 있지?

자신이 직접 겪어보지 않은 일에 대해서
함부로 평가하지도 말하지도 말자.
고통의 크기와 체감의 정도는 주관적인 것이고,

세상 사람들 모두 자신이 제일 힘든 존재라고 생각해

그러니까 내 삶이 당신이 보기에 쉬워 보인다 할지라도 그런 말 마.

세상 모든 사람들은 자신만의 삶 속에서

죽을 만큼 힘겹지만 더 행복해지기 위해 노력하고 있으니까.

400만 원짜리 사람

살다 보면 먼 나라 이야기 같은 일들이 나한테 일어나기도 해
바로 성추행이라는 범죄의 대상이 되는 그런 일 말야.
어떤 미친놈한테 잘못 걸려서 강제추행을 당할 뻔했어
그리고 난 경찰에 신고했고, 번호를 바꿔버렸어.

1년이 지난 후 모르는 번호로 계속 전화가 오더라
내가 신고한 그 미친놈이 합의를 원한다고 했지만 거절했어.
그깟 돈으로 상처들과 무서움이 없어지는 건 아니니까.

그러다 생각을 바꿨지
내가 받은 상처를 돈으로라도 보상받자고,
그래서 합의금으로 400만 원을 받았어
합의서를 작성하고 보내고 난 후
통장에 입금된 합의금을 보고 나서 이런 생각을 했어.

"내 몸값이 400만 원인가?"

이런 생각에 합의금을 괜히 받았다는 자책감에 시달렸고,

1년이 지나 다시 그 일이 생각나 너무 힘들었지

사무실에서 일하다가도 몰래 계단에서 울 만큼 말이야.

그 미친놈은 자신이 한 행동이 범죄인지조차 몰랐고,

나는 이 일을 신고해야 할지 말아야 할지 상담하는 동안

"네가 행동을 똑바로 했어야지"라는 말들을 들으며

더 상처받았어.

그렇게 마음의 문이 닫혔었는데, 그 전화 한 통과 합의금으로

사슬로 결박해 둔 기억들이 불쑥 튀어나와 나를 괴롭혔어.

그렇지만, 나의 가치는 고작 돈 따위로 매겨질 수 없다고 다짐했어

내 가치는 내가 만드는 것이고,

합의금은 내 정신적 고통의 위로금이라고 최면을 걸었어.

나는 400만 원짜리 인간이 아니야

돈으로 환산될 수 없는 생명을 가진 존재야.

비혼주의 선언

어릴 때는 어리다는 이유로 결혼이 너무 멀게 느껴졌고,

성인이 되어서는 먹고 사느라 바빠서

결혼이란 걸 진지하게 생각하지 않았지.

그런 나는, 참 자신 있게도

"결혼 안 할 거야. 혼자 살 거야."라고 말하고 다녔어

결혼이 무엇인지도 모르고, 진지하게 고민도 안 했으면서 말이지.

고민도 없이 그렇게 말했던 이유는 여러 가지야.

첫째, 결혼하고 진심으로 행복해하는 사람을 아직 못 봤다.

둘째, 결혼만 하면 부부는 서로가 집을 비울 날만을 기다린다.

　　　　같이 있고 싶어 결혼 한 거 아닌가?

셋째, 둘만의 결혼인데 배우자의 가족들과도 결혼해야 한다.

넷째, 아이를 낳는 순간 여자로서의 삶은 끝이다.

다섯째, 자유가 없다. 외로움과 자유를 맞바꿔야 한다.

이런 이유로 나는 20살부터 줄곧 비혼주의를 고집했고

29살이 된 지금 우리 부모님도 포기하셨다.

그런데, 오히려 주위 사람이 난리다
지금이야 젊으니까 괜찮다는 둥,
나이 들어 노처녀로 늙어 죽으면 비참하다는 둥,
아이를 낳고 살아봐야 진짜 인생이라는 둥,
아니면 남자에게 선택받지 못한 열등한 여자로 전락한다.

결혼은 선택이지 필수가 아닌데
왜 그토록 결혼에 집착하는지 모르겠다.

스스로, 자발적으로 비혼이 된 남·녀에게
결혼 경쟁에서 밀려난 루저로 후려치기 좀 하지 말자.

걱정도, 후회도 내 몫이고 그들의 몫이다.
그러니 훈수는 여기서 그만-

육지에서 배 타고 40분 거리에 있는 섬에서 태어난 나

전교생 다 합쳐도 30명이 넘지 않는 학교를 다녔던 나

집안 사정으로 중학교 한 학기를 다니지 못했던 나

과외는커녕 학원도 못 다닌 나.

그런 나에게 아무도 기대하지 않았다

나조차도 기대하지 않았다

하지만 스스로를 채찍질해야 할 일이 생겼다.

첫째인 오빠는 19살에 가장이 되어 어쩔 수 없이 막노동을 했고,

둘째인 언니는 수능이라는 희망고문을 버리고

공장에 들어가 일하며 대학을 포기한 일이 있었기 때문이다.

막내인 나에게 "너라도 공부했으면 좋겠다."라고 말했다.

나는 두 사람의 몫까지 공부를 해야 했다

아니, 하고 싶었다

그래서 상위권 대학은 아니지만 경기권 대학에 입학했다.

처음 장학금 받던 날 기뻐하던 엄마의 목소리

처음으로 1등 했을 때 온 가족이 행복하던 모습

그 자부심과 자신감으로 지금 이렇게 당당하게 살고 있다.

나의 수석 졸업과 함께, 고대 대학원 입학으로

기쁨의 눈물을 흘리던 가족들.

당시 우리 가족들은 자존심이 몹시 상해 있었다

"네 딸, 대학 갈 수 있긴 하니?"

"네 동생, 4년제는 갈 수 있겠냐?"

라는 말들을 들으며 분노하던 가족들은 이제 당당히 말한다.

내 새끼, 내 동생 명문대 대학원생이라고

우리 집안 친가·외가 통틀어 처음으로 고려대 갔다고

친척들 사이에서 당당한 우리 부모님,

주변 사람들 사이에서 행복한 우리 언니와 오빠.

언제나 자랑스러웠지만, 정말 '네가 우리 가족의 자랑'이라고.

남들 다 가는 대학원이 뭐 그리 대수냐고,

지잡대 수석 졸업, 만년 장학생이 뭐가 대수냐 할 수 있겠지만,

누가 뭐라든 나는 우리 가족의 자랑이다.

이 세상에서 아무것도 이룬 것이 없을 때도,

그저 바르게 자란 것만으로도 나는 가족의 자랑이었고,

지금도 취업난 속에 독립해 사는 나는 가족의 자랑이다.

지금도 힘들 때면,

"엄마 나 고대 대학원 합격했어."

"어머나… (말을 잇지 못하고 대신 들려오던 눈물 소리)"

온 가족이 기쁨의 눈물을 흘리던 때를 회상하며 힘을 낸다.

왜 책 읽느냐 묻거든, 그저 웃지요

나의 책 사랑은 주위 사람들이 혀를 내두를 정도다.
일하면서, 취업 준비하면서, 공부하면서 책 읽을 시간이 있느냐
고 묻는다.

당연히 없지!
일부러 시간을 내서 읽지 않는 이상 나도 힘들어.
근데 책 읽는 게 습관이 돼서 포기할 수가 없더라
바쁠 때는 출퇴근하는 버스나 지하철에서, 아니면 잠을 아껴서,
그리고 주말에 몰아서 책을 읽곤 해.

그런 나에게 사람들은 다시 물어봐.
책을 왜 읽느냐고, 이유는 아주 간단해.

"외.로.워.서"

처음에는 내 성격을 고치고 싶어서 자기 계발서를
다음에는 동기부여를 위해 성공한 사람 자서전을
다음에는 모르는 분야의 지식을 쌓고 싶어서 경제·경영·인문을

다음에는 내 인생을 바꿀 책 속의 한 줄을 찾기 위해 에세이를

다음에는 외로움을 달래려고 영화 보듯이 세계문학을

지금은 이 모든 이유를 합쳐 가리지 않고 다 읽는다.

어느 날은 책을 읽으며 친한 친구와 수다 떠는 기분이 든다.

또 다른 날에는 인생의 멘토를 만나 조언을 듣는 시간 같다.

내 일기장을 보는 것처럼 나와 생각이 같은 책을 만나기도 한다.

어떨 때에는 눈물샘 수도꼭지를 돌리듯 나를 울리는 책을 마주

했다.

이 작은 책 안에서 위로받고, 성장하고, 배운다

내 곁에 아무도 없다는 생각이 들 때면 책장 앞에 서서

가득 찬 책을 보고 있으면, 부자가 된 듯한 기분이 들곤 한다.

약속 없는 날, 서점가는 길은 데이트만큼 설렌다.

책은 나에게 있어 단순한 '활자' 그 이상의 가치를 가진 존재다

사람이 그립고, 무엇으로도 채워지지 않는 외로움이 나를 뒤덮을 때

책 속으로 들어가 숨어버리면 그 무엇도 두렵지 않다.

그래서 오늘도 왜 책을 읽느냐는 물음에

웃음으로 대답을 대신하고 책을 읽고 있다.

나의 친구

나의 아지트

나의 은신처

나의 영혼의 동반자, 책

출근하는 일보다 책 읽는게 더 쉬운 나란 사람.

도둑 아니야

부모님은 가진 게 없어도 남의 것에는 욕심내지 말라 하셨다

그래서 남이 아무리 많이 가져도 부러워만 할 뿐

그걸 훔치려는 마음조차 가져본 적 없었다.

그런데, 내가 고등학교 1학년일 때 아주 억울한 일이 있었다

바로 도둑으로 누명을 쓴 것.

당시 나는 친구가 없었다

등하교 때 모두가 모여서 같이 다닐 때

나는 홀로 학교에 갔고, 끝나고서도 홀로 집으로 돌아갔다.

그러던 어느날, 교복을 잃어버린 한 학년 선배가 내게 다가오더니

"이거 네 거 맞아?"

"네. 이거 제 교복이에요."

"이거 아침에 입고 온 거 본 사람 있어?"

"아니요. 저 혼자 다니는데요."

"아무리 봐도 내 거 같은데. 너 같이 다니는 친구 없어?"

그때 교실의 아이들이 모두 나를 쳐다봤다

도둑으로 보는 듯한 그 경멸의 눈초리들이 마음에 꽂혔다

단지 함께 다니는 친구가 없어서 증명할 방법이 없다는 이유로

나는 그렇게 도둑이 될 뻔했다

그 선배는 그냥 돌아갔지만, 이미 일어난 일은 되돌릴 수 없었다.

그날 집에 가서 이불 뒤집어쓰고 얼마나 울었는지 모른다

순식간에 나에게 집중된, "네가 훔쳤어?"하는 그 눈들이

아직도 나를 쳐다보는 듯했다.

상처를 준 그 사람은 아마 내 이름조차 기억 못하겠지

어릴 때 당당하게 말하지 못했던 그 순간으로 돌아가

지금이라도 이렇게 외치고 싶다.

"굶어 죽어도 남의 것에 절대 손 안대

그게 내가 받은 가정교육이야

나 도둑 아니야."

일탈 (Feat. 담배)

사춘기도 없이 지나간 나의 학창시절

큰 사고를 친 적도 없는 무난했던 나의 청소년기

대학에 가서도 '범생이' 소리를 들으면서

공부만 하며 알바하고 그랬지.

그러다 이병률 작가의 '바람이 분다. 당신이 좋다'

라는 책에서 '그녀가 처음으로 담배 피던 날'이라는 글을 봤어

힘들 때, 답답할 때 문득 그 담배 얘기가 생각나더라

그래서 난 두근거리는 마음으로 처음으로 담배를 구입했어.

어떻게 피우는지도, 왜 피우는지도 모르겠는 담배

그 담배는 나에게 유일한 일탈이었어

늘 정해진 길로만 갔고, 정해진 시간을 지키던 내 인생에서

처음으로 '하면 안 되는 것', '정해진 것을 벗어나는 것'을 한 거야.

생각보다 심심하게 살아온 나의 인생에 한숨을 쉴 수 있는 빌미와,

인생 어딘가에 재미를 주기 위한 일탈의 수단, 담배.

이제는 생활이 되어 버렸지만,

담배 피우는 동안만큼은 일탈하고 있는 느낌은 여전해

(엄마 아빠 미안. 머리는 깎지 말아줘)

당신의 인생에서 잊지 못할 일탈은 어떤 거야?

어디서 타는 냄새 안나요?

"어디서 타는 냄새 안 나요?

지은 씨에 대한 내 맘이 타들어가는 냄새요..."

드라마 불새에서 서정민(에릭)이 한 말이었다

시간이 지나 이제는 배우 에릭을 놀리는 대사이기도 하다.

나는 저 대사를 TV가 아닌 사무실에서 듣게 됐다

회사 직원이 쿵쿵대더니, "어디서 타는 냄새 안 나?"라고 말했다

마음이 뜨끔 찔렸고, 괜히 안절부절못했다

며칠 전 나는 마지막이다 하고 번개탄 3개를 동시에 피웠다

그리고 보란 듯이 실패했다

"번개탄에도 내성이 생겼을 줄이야." 하고 혼잣말을 했고,

남은 번개탄을 주저 없이 버리고 멍청한 짓 따위는 포기했다

하지만 그 밤사이 나의 작은방 곳곳에 탄내가 배어들었다.

탄내를 없애기 위해 한 겨울에 방문을 열어놓기도 하고,
섬유 향수, 디퓨저, 냄새 제거제, 양초 등을 피우며 노력했건만
냄새라는 건 그렇게 쉽게 사라지지 않았다.

가방을 열 때, 스카프를 매려고 펼칠 때,
코트를 입으려고 할 때마다 공기 중으로 흩어지는 탄내.
스스로도 자각하고 있었지만 남들만큼은 모르게 하기 위해
열심히 향수를 뿌렸지만 노력은 무산됐다.

그러니 사무실에서 저 말을 듣고 몸이 굳어버릴 수밖에,
마치 지난밤 내가 저지른 일을 들킨 것처럼.

웃으면서 무슨 그런 드립을 치냐고 능구렁이처럼 넘어갔지만
이제 더 이상 저 대사는 나에게 웃긴 말이 아니게 됐다
내가 생과 사를 오가던 그 순간의 흔적이 나의 발목을 붙잡은
것이다.

누군가에게는 그저 웃어넘길 말이지만,

나에게는 지난날 저지른 못난 행동을 되새기게 하는 말이 됐다

같은 것을 보고도 다른 생각을 떠올리듯이,

나는 이제 평생 저 말을 보고 웃는 사람들 사이에서

혼자 지난밤을 떠올릴 것이다.

그리고 반성했다

다시는, 다시는 그런 바보 같은 짓 하지 말자고.

독거인의 시무룩한 하루

누가 깨워주지도,

한밤중에 누가 들어와 잠이 깰 일도 없는 독거인

자유롭지만 쓸쓸한 독거인은 가끔씩 시무룩해질 때가 있다.

집에 있는 누군가에게 전화를 걸어

"갈 때 뭐 사갈까?"하고 묻고 싶지만 나는 독거인.

샤워실에 수건이 없어도 집에 있는 누군가를 믿고 배짱 있게

"누군가 채워놓겠지"하고 싶지만 그럴 일이 없는 나는 독거인.

집에 있는 누군가와 야식 메뉴로 뭘 주문할까 티격태격하며

"거봐, 내가 시킨 게 맛있다니까?"라고 말 할 일이 없는 나는 독거인.

사소한 일에도 멜랑꼴리한 밤이 오는 자주 찾아오는 그런 날,

그런 날 조차도 함께 치맥할 사람이 없는 나는 독거인.

독거인의 무룩무룩한 하루

주변에 독거인이 있거든 참치 캔도 좀 주고, 햇반도 좀 챙겨주고

가끔 놀러 와서 죽었는지 살았는지 생존 확인도 해주자

독거인을 위해 봉사하는 자에게 복이 있나니, 행하라!

우리 엄마, 너네 식당에서 일하셔.

내가 13살 때, 학교를 한 학기 쉬었다가 전학 갔을 때
새로운 친구들을 만날 마음으로 들떠 있었어
그리고 새로운 사실! 우리 엄마가 일하는 식당이
다른 반 아이의 부모님이 운영하는 식당이라는 걸 알게 됐지.

그게 뭐?
나는 그냥 웃으며, "우리 엄마 거기 일하시는데!"
하고 그 아이에게 반갑다고 잘 지내자고 했어.

근데 나중에 몇 년이 지난 후,
그 친구와 친하게 지내던 친구가 나에게 말해주더라
"오미경네 엄마 우리 집에서 일해"라며 험담하고 다녔다고
마치 자신이 우위에 있고 우리 엄마가 열등한 사람이라도 된 것처럼
그렇게 말하고 다니면서 나와 엄마를 깎아내렸다고.

화를 주체할 수 없었다. 불법도 아니고, 정당하게 일하고
돈을 받는데 왜 그게 부끄러운 거야?
그 덕분에 내가 이렇게 학교를 다니고 있는 건데,

그게 너한테는 씹기 좋은 험담 거리였니?

너는 이 말을 보고 있으면서도, 이 말을 한 게 너라는 걸

아마 기억조차 못하고 그냥 책장을 넘길지도 몰라

하지만 너야, 네가 그랬어

내가 그 사실을 당시에 알았다면

난 머리끄덩이 붙잡고 너와 싸웠을 거야.

네 말대로 우리 엄마 너네 집 식당에서 일 하시느라

너희 부모님이 너의 졸업식에 참석할 때,

우리 엄마는 종업원이라는 이유로 내 졸업식에는 못 오셨지

그때 엄마가 얼마나 미안해하셨는지 아니?

그런 마음 네가 알았다면, 그런 말 할 수 있었을까.

그래도 난 널 용서했어. 하지만 아직도 마음이 아파

우리 엄마는 이런 이야기를 모르시거든

이런 이야기 들으시면 못난 엄마라서 미안하다고 하실 게 뻔하거든.

그러니, 가족은 건드리지 말자

아무리 철이 없어도, 놀리고 싶어도, 험담하고 싶어도

나한테만 해. 우리 부모님은 무슨 죄니?

우리 엄마 음식 잘해서 여기저기서 못 데려가서 난리야

난 그런 엄마가 부끄러웠던 적 없어. 오히려 멋졌어

그렇게 힘든 상황에서도 자식들 먹여 살리기 위해

힘든 일도 마다하지 않으셨으니까.

그렇게 너네 집에서 일하신 덕에

'너네 식당에서 일하시던 우리 엄마'라는 그 말 때문에

밥은 잘 안 먹어도 엄마가 보내준 음식은 절대 버리지 않아

어떻게 해서든 다 먹고, 혹시라도 김치에 곰팡이가 피면

씻어내고 김치찌개를 해먹든 볶아먹든 하지, 안 버려.

조금만 움직여도 아픈 손목으로 딸자식 먹일 마음을

배추의 한 겹 한 겹에 담고 계신 그 모습이 눈에 선해서,

거기에서 엄마의 사랑 맛이 느껴져서.

감사해요, 엄마

엄마 음식 솜씨는 다른 엄마들도 배우고 싶어서 난리인거 모르죠?

어디 갈 때마다 우리 엄마 요리 잘하신다고 자랑하고 다니는

팔불출 딸이 있다는 거 모르셨죠?

엄마가 내 엄마라서 정말 행복해요.

어릴 때는 아빠의 트럭이 부끄러웠어

우리 아빠는 어부셨어

배 타고 바다에 나가서 물고기 잡아오는 진짜 어부!

난 그때 복어 잡아다 풍선처럼 부풀려 물에 둥둥 띄우거나,

마당에서 주꾸미랑 강아지가 싸우는 거 보면서 놀았지.

그러다 섬에서 나와 육지라는 곳에 오게 됐어

변한 것이라고는 그저 사는 곳이었을 뿐 아무것도 없었지

아빠의 차는 여전히 섬에서 몰고 다니던 트럭이었어

뒤에 짐 가득 싣기 좋은 그런 트럭 있잖아.

근데 난 그 트럭이 이상하게 부끄러웠다?

행여 집 가는 길에 친구들이랑 함께 있을 때

저 멀리서 비슷한 트럭만 봐도 고개를 푹 숙이고 지나갔어.

그러다 우려하던 일이 현실로 일어났지

길 가다 나를 본 엄마 아빠는 반가운 마음에 차를 세우셨어

그리고 차가 지나간 다음 내 얼굴은 열이 난 것처럼 붉어졌고

옆에 있던 친구는 세상이 떠나가라 웃었지.

그리고 몇 년 후, 야자가 끝난 후 위험하다고

친구가 부모님께 날 데려다 달라고 부탁을 해놓은 거야

그래서 알았다고 하고 친구 차를 타러 가는데 놀랐어

그 친구의 아빠 차 또한 트럭이었어

그 친구는 부끄러워하지도 않았고, 웃으며 "어서 타!"라고 했지.

정말 미안해, 아빠

어린 나이에 우리 집 차가 승용차이길 바랐던 그 철없음을,

내가 어떤 모습이건 부끄러워하지 않던 아빠와는 달리

아빠의 트럭을 부끄러워했던 나를 지금이라도 말하고 싶었어.

이제는 아빠가 경운기 아니, 소를 타고 와도 안 부끄러워.

그저 이 세상에 계신다는 것만으로도 감사해.

그러니 아빠―

언제까지나 그렇게 있어주세요, 평생.

내가 찾아준 지갑과 잃어버린 지갑

살면서 주인 잃은 지갑을 찾아준 일이 얼마나 많은지 모르겠다

그것도 현금이 두둑이 들어있거나,

사람들이라면 탐낼만한 명품 지갑들이었다.

정말, '이거 몰카 아니야?'라는 생각이 들 정도로

빵빵한 현금으로 가득 찬, 접히지 않는 명품 지갑들이

보란 듯 내 눈앞에 있었다.

그때마다 사람들은 말한다

현금만 다 빼고 우체통에 넣으라고

하지만 나는 그 돈을 손댄 적이 없다.

근처에 안내데스크가 있으면 거기에 맡겼고,

아니면 연락처가 있는지 찾아보고 직접 주인에게 주기도 했다.

사람들은 내게 바보라고 한다

사례금도 못 받을 거 뭐 하러 고생해서 찾아 주냐고

내심 사례금을 기대한 것은 사실이지만,

그렇다고 해서 그 사람을 원망하진 않는다. (그~짓말)

원래 그 지갑은 내 것이 아니니까.

그리고 내가 이렇게 한 행동들이 나에게 다 돌아올 것이라는

그런 미신 같은 생각에 나는 여전히 지갑을 줍고 주인을 찾아준다.

마침 이런 나의 행동들이 돌아올 만한 일이 생겼다

바로 가방을 통째로 잃어버린 것이다

가방 안에는 갈아 신었던 구두, 지갑, 화장품 등등이 있었다.

나는 그동안 나의 선행을 생각하며 내 가방도,

아니 적어도 지갑만이라도 돌아오지 않을까?

하는 기대감을 가졌다.

시간이 지나고, 지나고 또 지났다

여기서 훈훈하게 '내 지갑 또한 돌아왔다'

는 말을 쓰고 싶었으나, 땡!

그렇게 많은 지갑을 찾아줬어도, 나의 지갑은 돌아오지 않는구나

그 덕분에 새 화장품을 사고, 옛날 지갑을 다시 쓰고 있지만,

그래도 언젠가 나의 선행이 다시 되돌아오리라 믿는다.

새 주인 만나서 잘 지내렴

생일 선물로 받은 이제는 살 수 없는 나의 예쁜 가방아,

나의 분홍분홍 지갑아, 아침마다 날 성형해주던 화장품들아,

좋은 주인 만나서 예쁨 받으렴.

(눈물이 앞을 가려 글을 쓸 수가 없다)

웃음이 예쁜 사람

쑥스럽지만 자주 듣는 칭찬,

"미경 씨는 웃는 게 정말 예뻐요."

웃는 모습이 예쁘다는 말을 어릴 때부터 지금까지 많이 들었다

웃을 때 없어지는 눈, 보조개가 매력 있다고 말이다.

참 이상하다. 나는 덧니가 있다

뾰족하게 튀어나온 덧니를 보이기 싫어서

항상 입을 꼭 다물고 사진을 찍었다.

왜 나는 남들이 예쁘게 봐주는 모습을 그렇게 싫어할까

왜 남들이 매력 있게 봐주는 모습을 그렇게 부정했을까

사실 지금도 의문이다

사람들이 하는 저 말이 사실일까?

바보같이 거울 앞에 서서 웃어봤다

이상하다. 예쁘지 않다.

갈등이 시작됐다. 누구의 말을 믿어야 하는 것인가?

그냥 속아보기로 했다

웃는 얼굴이 예쁘지 않은 사람이 어디 있을까 하고

항상 인상 쓰고 미간에 주름이 딱 잡힌 사람보다는

싱글벙글 웃고 있는 선한 얼굴이 더 예쁜 건 사실이니까.

그러니까 내가 하고 싶은 말은, 내 자랑이 아니야

본론을 말하자면 자신도 모르는 매력이나 장점이 있다는 거지.

평소 사람들한테 자주 듣는 말 있어?

한결같이 자주 듣는 말들, 잘 생각해봐

하나씩은 꼭 있을 거야.

"인상이 참 선하시네요." 아니면,

"굉장히 예의 바르신 분 같아요." 아니면,

"목소리가 참 좋으시군요." 아니면,

"누구를 닮으신 것 같아요" 라는 그런 말들.

그중에 부정적인 말들도 있겠지만, 그건 고치면 되고

그 말들이 긍정적인 것이라면 더 부각시켜 보는 거야.

그래서 난 요즘 아주 해맑게 웃어

덧니에 상관없이, 입도 가리지 않고 활짝 웃어 보여

그렇게 잘 웃는 내 모습이 참 좋대

보고 있으면 같이 기분이 좋아진대

이런 말 들으며 나는 정말 웃는 게 예쁜 사람이라고 믿고 있어.

그래서

난 오늘도 스마~일! :D

마음속 슬픔을 숨기려 애썼다
그리고 꽤 잘 숨겨왔다고 생각했다.

그런데 사람들이 말한다.

"슬픈 눈이네."
"눈에 슬픔이 있어."

꽁꽁 싸매고, 구석에 밀어 넣어놨는데
최선을 다해 웃으며 숨겨왔는데

들켜 버렸다.

혼자 하는 여행, 외로움이 당연한 그곳

우울증에 미쳐버릴 것 같던 시간이 있었다

나를 포함한 세상 모든 것이 싫었다

시간이 무서웠고, 사람이 무서웠고, 무엇도 의미가 없었다

그러다 살기 위해, 그동안 해보지 못한 일을 하기로 했다

그렇게 살아야 할 이유를 만들고 시간을 견뎌냈다.

가장 처음으로 한 일은 바로 해외여행

27살이 될 때까지 그 흔한 해외여행 한 번 못 가봤다

그런 나는 겁도 없이 첫 해외여행을 혼자서, 자유여행으로 떠났다.

그곳에서 나는 한국에서의 내가 아니었다

현지인, 여행자들과 자연스레 어울리고 약속을 하며

진짜 인생을 산다는 것 같은 느낌을 받았다.

한국에서는 나와 같은 생김새, 같은 언어를 쓰는 사람이

밖에만 나가면 수두룩하게 많은데도

친구 한 명 없다는 사실에 늘 외로웠다.

하지만 타국에서 나는 여행객이었고,

한국인인 나와 비슷한 생김새를 가진 사람도 별로 없었다.

당연히 외로울 수밖에 없는 곳이었지만

그곳에서 느끼는 외로움은 슬프지 않았다.

그리고 나는 달라졌다

다시 돌아온 한국에서 외로움은 더 이상 날 무섭게 할 수 없었다

인간은 혼자라는 것, 누구나 외롭다는 것을 알았으니까.

외롭다면 더 외로운 곳으로 떠나라

날 아는 이가 아무도 없는 곳으로 떠나라

그리고 외로움을 마음껏 즐겨라

여행을 끝내고 돌아와 달라진 자신을 만나게 될 것이다.

오직 한 사람. 그거면 됐어

몇 백 명의 연락처와, 몇 백 명의 친구 목록이 뜬

다른 사람들의 톡을 보고 있자면

다 합쳐봐야 채 60명도 되지 않는 내 연락처 목록은 초라했다.

문득 친구라는 존재가 그리워졌다

과거에는, 그래. 과거에는 나에게도 친구라는 존재가 있었다

지금은 한 명도 남지 않았다.

왜 그렇게 됐냐고?

나의 잘못으로, 그들의 소중함을 알지 못해서다

처음엔 한 명, 그다음엔 여럿, 마지막엔 모두를 잃었다

마지막 친구마저 잃었던 그날, 울음을 그칠 수 없었다.

초등학교, 중학교, 고등학교 학창시절을 함께 추억할 친구는 물론

대학 시절을 함께 회상하고 처음으로 함께 클럽이란 곳을 놀러 갔던

성인이 된 이후의 친구들도 모두 없어져 버렸구나

이제 정말 나는 외톨이가 되었구나.

눈물이 툭 하고 떨어져 내렸다

더 서글펐던 것은 이런 이야기를 할 사람조차 없다는 것이었다.

그때 생각난 사람, 바로 나의 친언니.

"언니, 나 너무 우울해"

"왜. 뭐 때문에 우울한대?"

"나 친구가 없어. 정말 이제는 한 명도 없어."

"이래서 내가 가까이 살아야 돼."

"왜?"

"그럼 자주 만나서 수다 떨고 그랬을 거 아냐. 우리가 그냥 자매니? 내가 너 친구도 해주고 언니도 해주고 엄마도 해주고 할게. 인생 살아보니 숫자가 중요한 게 아니더라. 언니가 너 친구 해줄게. 기지배야"

그날, 모든 친구를 잃은 그날

나는 영원한 나의 편이자 평생의 친구가 생겼다.

언니 말이 맞아. 숫자가 뭐가 중요해?

처음엔 부끄럽고 창피했어

있는 인맥 없는 인맥 다 끌어다 저장해도

내 카톡 속에 친구 목록은 100명이 넘지 않았어

그래서 누가 내 톡을 볼 때 나를 이상하게 생각할까 봐

부끄러워서 숫자가 잘 안 보이는 배경으로만 해놨었지.

이젠 부끄럽지 않아

10명이든 20명이든 정말로 연락하고 지낼 수 있는

사람들만이 목록에 남아있다는 거, 그거 정말 기쁜 일이더라

가지지 못한 것에 대해 부러워 말고 가진 것에 감사하니

내 사람이 이렇게 많았구나 싶더라.

같은 나이 대와 같은 성별이어야만 친구가 되는 것은 아니다

말이 통하고, 마음이 통하고, 진심이 있다면 모두가 친구다

그래서 난 이제 친구가 많아졌다

그리고 그 첫 번째 친구는 나의 친언니, 오채빈이다.

(근데 친구야. 왜 전화 아이받늬...?)

쉿, 이건 비밀인데…

당신한테만 알려주는 건데, 이건 정말 비밀이야
왜냐면 비밀이라고 알려줘도 아무도 안 믿거든.

나 사실 레전드 오브 레전드 소심이야
어릴 때 노래 부르라고 마이크 쥐여주면 노래 대신 울던 애였어
선생님이 질문시킬까 봐 앞자리는 죽어도 앉으려 하지 않았어
그런데 꼭 눈에 띄는지, 콕 집어 나한테 물어보더라
손도 다리도 덜덜 떨리고 울고 싶을 정도였어.

근데 이게 웬일이야, 대학교 필수 과목에 발표 과목이 있더라
수강신청하고 내 발표일이 오기 전까지 3달이 남았는데
그 3달 전부터 발표하는 상상을 하곤 했어
전날에는 잠도 못 자고, 막상 강단에 서니까 그냥 멘탈이 날아갔어.

어디 가서 발표 공포증, 무대 공포증 이런 증명서라도 떼서
"저 발표는 못해요!"하고 피하고 싶을 정도로 무서워.

나 같은 소심이가 세상 어딘가에 길가에 심어진 나무만큼이나

있지 않을까?

세상에는 남 앞에 서는 게 공포스러운 사람도 있는데
사회의 중심은 내성적인 사람들 중심으로 돌아가지 않더라.

학교 다닐 때는 발표를 해야 하고, 취업을 위해서는 면접을 봐야
하고, 회사에서도 회의 때 내 의견을 말하거나 PT를 해야 해. 게다
가 떨고 있다는 거, 긴장하고 있다는 거 티가 나면 바로 아웃이야.

내성적인 성격이 죄는 아닌데,
내성적인 사람으로 살아가기엔 힘든 세상.

리더와 외향적인 사람만 주목받는 세상에서
그들이 더 빛나도록 뒤에서 숨은 노력을 하는
내성적인 사람도 있다는 걸 세상이 인정해주면 좋겠다
겁쟁이라고 말하지 않았으면 좋겠다.

그랬으면 좋겠다.

더도 말고 덜도 말고 꽃 한 송이

아무것도 아닌 별것도 아닌 일에 기분이 확 가라앉기도 하지만
아무것도 아닌 일로 세상 다 얻은 듯 행복감을 느끼기도 한다.

가령 길에서 산책 가던 강아지가 꼬리 치며 달려오는 모습을 볼 때
우연히 고른 새로운 과자나 초콜릿이 생각보다 맛있을 때
이 나이에 '학생'이라는 말을 들었을 때
햇볕 좋고 상쾌한 바람이 부는 날 좋아하는 음악을 들으며 걸을 때.

이렇게 아주 사소한 일에도 기분이 좋아지곤 한다.

그리고 어느 날, 예쁘게 포장된 꽃 한 송이를 나에게 건넬 때
모든 행복이 나에게로 다 온 것 같은 기분이 든다.

백만송이의 장미도 아니고,
딱 한 송이의 꽃만으로 세상을 다 가진 듯 행복을 느낀다.

내가 무슨 꽃을 좋아할지 한참을 고민했을 그 모습,
언젠가 나는 꽃다발 말고 꽃 한 송이가 좋다는

지나가듯 했던 말을 기억한 그 기특함,

꽃을 받고 내가 얼마나 좋아할지

나를 만나러 오는 길에 기대감에 부풀었을 발걸음,

그 모든 것이 꽃 한 송이에 담겨있다.

시간이 흘러 꽃이 시들고 색이 변해도,

그 마음만큼은 여전히 향기로 남아 나의 코끝을 간지럽힌다.

네가 준 꽃 한 송이로 내 마음에 봄이 피었다

그 봄은 가지 않을 것이다

언제까지나 마음속에 향기로운 계절로 남을 것이다.

미안하다는 말밖에는…

죽음을 생각하는 이들은 말이 없다
조용히 정리를 시작한다
여느 때와 다름없는 날을 보낸다.

그리고 가족, 지인들에게 뜬금없이 미안하다고 한다
그 이상의 말은 할 수가 없다. 해서도 안 된다
감정을 꾹꾹 눌러 담아서 "미안해"라는 말만 하고 만다
무엇이 미안하냐고 하면 그냥 다 미안하다고.

그 이상의 말을 하면 계획은 무산된다
더 많은 말을 하면 죽기도 전에 경찰이 오니까.
(자살시도 상습범의 경험상 그렇다.)

그래서 하고 싶은 말, 인사들을 지우고 지우다보니
결국 남는 말은 "미안해"라는 말 뿐이더라.

그러니까,

어느 날 문득 뜬금없이 당신에게 연락이 와서

미안하다는 말을 하는 이가 있다면 당장 찾아가

그리고 그 사람을 살려줘

그냥 꺼냈다는 '미안해'라는 말이 마지막이 될 수 있기에.

나 또한 누군가 어느 날, 미안하다고 하면 당장 찾아갈 거야

가서 안아줄 거야. 가서 같이 울어줄 거야.

그 말속에 얼마나 많은 뜻이 숨어있을지 알기에

얼마나 어렵게 내뱉은 세 글자인지 나는 알기에…

#2   너

매일 나의 옷깃을 1cm남기고

간신히 지나쳐가는 존재들

어디에 있어도, 누구와 있어도
외로움은 사라지지 않는다

"혼자 사는 삶을 유지할 수 없다는 걸 그때 깨달았다. 산만한 파티를 끝내고 혼자 걸어오는 귀갓길. 다른 사람과 말 한마디 섞지 않고 흘러가는 일요일. 아이들 때문에 녹초가 되어 대화를 나눌 기운조차 없는 부부들 뒤를 따라가는 휴가. 누구의 가슴에도 중요한 자리를 차지 못했단 쓸쓸한 깨달음은 이제 족했다."

– 알랭드 보통, 낭만적 연애 그 후의 일상 –

알랭드 보통의 말처럼, 외로움이란 그렇게 '누구의 가슴에도 중요한 자리를 차지 못했단 쓸쓸함'과 같은 것이다. 그래서 우리는 외로움이 무서워 피하려고 한다. 근데 이 녀석 집착이 심해서 어딜 가도 따라온다.

우리는 외로움에서 벗어나려 사람들 속으로 숨어든다
숨고 또 숨으면 외로움이 못 찾을 거라고 생각했다
그렇게 믿었다.

하지만 집착 심한 외로움은 끝까지 따라온다

철석같이 달라붙어 "나 여기 있어"하고 존재감을 알린다.

집으로 돌아와 가족과 함께하면 도망가겠지
친구들과 약속 잡고 신나게 놀면 없어지겠지
애인과 함께 딱 달라붙어 있으면 나가떨어지겠지.

이런 생각은 큰 오산이다
첫째로, 우리는 늘 누군가와 함께 일 수 없다
둘째로, 혼자가 아니어도 외롭다는 것이다
마지막으로, 혼자일 때는 외로움을 넘어 고독을 느끼게 된다.

나는 이런 느낌을 어느 책에서 본 말처럼
"마치 마지막 인류가 된 것처럼"이라고 표현하고 싶다.

이 외로움이란 녀석을 처리할 방법은 뭘까?
답은 간단하다
외로움이랑 친구가 되면 된다.

인생의 큰 깨달음을 얻은 현자들도 외로움은 못 당해냈다

그저 인정하고 받아들일 뿐, 인간이기에 외로운 것이다

우리 모두 외로운 존재다.

혼자든, 혼자가 아니든.

당신 기억 속에 좋은 사람으로 남기를

그때 나의 모습이

당신이 기억할 내 마지막 모습일 줄 미리 알았더라면,

그렇게 울지 말 것을…

그렇게 인상 쓰지 말 것을…

그렇게 소리치지 말 것을…

그 대신 당신이 있어 행복했다고,

소중한 시간을 추억으로 남겨줘 고마웠다고 해야 했는데.

언젠가 당신이 내 모습을 떠올릴 때

당신의 표정이 어두워지고,

인상 쓸 것을 생각하니 마음이 아파.

내 욕심이지만 훗날 당신의 기억 속에

나란 사람이 그렇게 기억되지 않으면 좋겠어.

가끔 내 생각에 웃음 지을 수 있게

시간을 되돌릴 수 있다면 당신을 잘 보내주고 싶어

세상에서 가장 예쁜 미소로 당신을 보내줄래.

그게 당신이 기억할 내 마지막 모습이 될 수 있도록.

나쁜 생각은 접어둬

문득 힘든 날이 올 수도 있어

가족, 친구, 애인마저도 저버리고,

이 세상의 삶을 끝내버리고 싶을 만큼 아픈 그런 날이 올 수도.

당신이 뭘 아냐고,

알지도 못하면서 아는 척하지 말라고 하겠지

그래. 난 당신이 어떤 지옥 속에서 살고 있는지 몰라

하지만 죽고 싶어 하는 마음, 그거 하나만큼은 잘 알아.

내 이야기 들어볼래?

난 우울증이었지만 돈 없어서 병원도 못 갔고 약도 못 먹었어

명확한 이유는 없었어. 그 외에도 많은 정신병을 가지고 있어

불면증, 불안증, 공황장애, 신경성 거식증, 강박증 등등

그렇게 살다 보니 어느덧 나도 죽음을 생각하고 있더라.

이런 이야기 구구절절 적어봤자 무슨 의미가 있겠어

약을 먹어도, 상담을 해도

나는 '죽음'이라는 단어를 떨쳐낼 수 없었고

결국 일을 내고야 말았지.

목을 맸어. 응급실에 실려 갔고 가족들은 울고 있었어

입원시키겠대, 핸드폰도 책도 필기구도 없는 폐쇄병동으로

언제 퇴원할지도 미지수인 그런 곳.

근데, 내가 처음 그 말 듣고 꺼낸 말이 뭔지 알아?

"나 일하러 가야 돼. 출근해야 해" 였어

병원에 입원하면 세상에서 낙오될 것이라는 생각이 들었거든.

그 뒤로 난 집에서 감시의 대상이 됐어

전화를 못 받고 잠이 들어 있으면 경찰이 와서 집 문을 두드려.

자살시도자가 고집 부려 혼자 살겠다고 해놓고 연락이 안 되니까

그렇게 경찰이 여러 번 다녀갔지, 구급차도 함께.

그 뒤로 나는 영악해졌어.

가족들 몰래 계속해서 죽음을 가까이했지.

끝없이 시도했지만 난 다음날 어김없이 눈을 떴어

다시 눈뜨고 싶지 않았는데 일어나

왜 난 또 살아있는 거냐고 목 놓아 울었어.

그리고 남은 것이라곤 흉터들과 상한 몸, 그것뿐이더라

제대로 걷지도 못하고 기억도 못하는 상태로 일어나

"아 실패했구나. 일하러 가야지"하고 혼잣말하고 일하러 갔어

그리고 써놓은 유서들은 결국 내 손으로 치웠지.

죽어볼 용기로 차라리 다른 걸 해보래

그래서 이것저것 새로운 것도 많이 시도했지

근데, 내 삶은 이미 망가진 거 같았어

일 할 때 손목을 숨기고, 병원 갈 때 거짓말하는 내가 싫었어.

근데, 안 죽어지더라

죽을 사람, 살 사람 따로 있나 봐.

죽음의 문턱까지 갔다 와보니 다 부질없더라.

죽는 건 언제든 할 수 있지만 다시 살아 돌아오지 못해

만약 간절히 죽고 싶은데도 하루하루 계속 살아가고 있다면,

당신은 죽을 운명이 아닌 거야

그러니 힘들어도, 세상이 무서워도, 못 견디겠어도 살자.

언젠가 '그때 죽지 않아서 다행'이라고 생각할 날이 올 거야.

나도 그런 날을 기다리고 있거든.

"너 정말 예쁘다", 심쿵

나를 빤히 바라보더니, 당신이 하는 말.

"너 정말 예쁘다."

17살 소녀도 아닌데,
딴청 피우며 붉어진 얼굴을 감춘다
괜히 다른 소리를 늘어놓는다.

"아, 뭐야~ 갑자기!"

사랑하는 사람이 내 눈을 바라보며
예쁘다고 말해주는 그 순간,
심장은 쿵 하고 바닥에 떨어져 버린다.

다시 주워 가슴 위에 올려놓고 싶지 않다
바닥에 떨어진 심장을 바라보며 들은 말을 되새긴다.

당신에게만 예쁘면 됐어,

난 당신한테만 예쁠래.

심장을 계속 쿵-하고 바닥까지 내려앉게 해줘

앞으로도 오랫동안 그렇게.

나만 알고 싶은 너의 모습

있잖아, 난 네가 투정 부리는 게 좋아

그리고 또 약한 모습 보이는 것도 좋아

가끔 엉엉 울며 어린아이처럼 나한테 안기는 것도 좋아.

다른 사람한테는 안 그러니까

남들 앞에서는 조용하고, 힘들다는 말도 하지 않고,

우는 모습도 보이지 않는 네가

오직 내 앞에서만 약해지고 어린아이가 되는 그 모습

그거 나만 볼 수 있는 모습이잖아.

그러니까 더 투정 부려도 돼

힘들면 마음껏 힘들다고 말해도 돼

또 남들 모르는 너만의 버릇들, 다 알고 싶어.

난 그런 모습이 좋아

나만 알 수 있는 너의 모습

정말 사랑스럽거든.

날 잘 아는 사람=날 아프게 하는 사람

살면서 가장 조심해야 할 사람은
바로 나를 가장 잘 아는 사람이다.

나를 고통스럽게 하는 회사 사람도 아니고,
내 뒷담화를 하는 사람도 아닌,
누구보다 내 가까이서 나의 모든 것을 알고 있는
그 사람이 가장 조심해야 할 사람이다.

너무도 잘 알고 있기에
어떻게 하면 더 큰 상처를 줄 수 있는지 안다
그 사람들의 위로는 어느덧 칼이 되어 날 찌르고,
따뜻하게 안아주는 온기는 빙산 같은 찬기가 되어 날 얼린다.

눈빛만으로도 내 마음을 읽어주며
날 다독여주던 사람이 적으로 돌아서는 순간,
그 눈빛 하나만으로도 평생 흉터로 남을 상처를 낼 수 있다.

가끔 존재 자체만으로도 고맙고 감사하다가도

반대로 사람이라는 존재 자체가 무서워지는 그런 날이 있다.

사람 사이의 적당한 거리

과연 그 적당한 거리는 어느 정도일까?

상처 주지 않고 상처받지 않는 관계는 존재할 수 없는 걸까?

헤어지는데 이유는 단 하나

사람들은 저마다의 이유로 이별을 한다
이별의 이유는 다양하다.

그러나 근본적인 이유는 단 하나,
사별이 아닌 이상, 헤어지는 이유는 '마음이 없어서'다.

일이 바빠서 연락을 못하는 게 아니다
당신에게 마음이 없어서다.

시간이 없어서 못 보는 것이 아니다
당신에게 마음이 없어서다.

마음의 여유가 없어 말을 들어주지 못 하는 게 아니다
당신에게 마음이 없어서다.

그렇게 점점 마음이 없어지다
"이제 그만하자"라며 헤어짐을 고하는 것이다.

가슴을 갈기갈기 찢어 놓을 만큼

아프고 냉정하게 들리겠지만,

그게 연인들이 헤어지는 진짜 이유다.

어느 곳이든 눈을 감을 수 있는 곳이라면,
스르륵 눈을 감아.

눈을 뜨고 있어야만 볼 수 있던 너였는데
이제는 눈을 감아야만 볼 수 있거든.

그래서 자꾸만 눈을 감게 돼
언제나 눈앞에 있던 당신이
내 눈앞에서 사라지던 그날부터,
당신을 보기 위해 눈을 감고 당신을 떠올려.

때로는 웃는 얼굴,
때로는 화난 얼굴,
때로는 슬픈 얼굴,
때로는... 생각나지 않는 얼굴.

이제 눈을 감아도 당신 모습이 잘 보이지 않아
너무 흐릿해져서 생각나지 않아

하지만 잊고 싶지 않아서,

평생 내 눈에 담아두고 싶어서 또 눈을 감아.

미련을 못 버리는 미련함

지나간 인연에 미련이 남는다
함께 했던 시간 속으로 홀로 되돌아가본다
웃고 있는 우리 모습, 말하지 않아도 보이는 행복한 모습.

다시 원래의 시간 속으로 돌아왔다
텅 빈 방, 조용한 핸드폰, 거울 속 무표정한 나.

다시 돌아갈 수 없다는 것,
머리로는 알지만 '그래도', '혹시나', '만약에'라는
희망고문을 앞세우고 미련을 거두지 못한다.

과거에 붙들려 앞으로 나아가질 못한다
자꾸만 과거의 시간 속으로 뚜벅뚜벅 걸어 들어간다
그리고 현실의 시간 속으로 돌아오고 싶지 않다
이 얼마나 미련한가.

미련한 짓임을 알면서도

미련을 버리지 못하는 미련함

어떡해야 할까.

돌이킬 수 있다는 기대감으로

너와 내가 '우리'였을 때,
퇴근길마다 집 앞에 네가 날 기다리는 상상을 해
집으로 돌아서는 골목에서 너를 발견하고
한 걸음에 달려가 목을 꼭 끌어안는 상상.

너와 내가 '남'이 됐을 때,
난 여전히 집 앞에서 날 기다리는 너를 상상해
괜히 느릿느릿 걸으며, 없을 걸 알면서도
혹시나 하는 기대감에 집 근처를 두리번거려.

이제 우리가 아닌데, 나는 여전히 기대하고 있어
항상 별의별 이유를 만들어내며 네가 오기만을 기다려
오늘은 금요일이니까, 혹시 회식하고 술김에?
아니면 크리스마스니까, 내일 쉬는 날이니까
날 보러 오지 않을까 하고 말이야.

이런 나의 기대감을 조각조각 내듯
고요하고 텅 빈 빈자리만이 날 반겨주지만,

나는 내일도 집 앞 골목을 돌며 또 같은 기대를 할 거야.

다시 '우리'가 되고 싶은 걸까?

모르겠어...

그냥 그랬으면 좋겠어

네가 날 기다리고 있으면 좋겠어.

내가 아니라는데, 왜 자꾸 아니래?

"나 너 사랑해."
아니, 그건 사랑이 아니야.

"아니야, 난 정말 널 사랑해."
그건 사랑이 아니라 집착이야.

"나 안 서운해. 괜찮아."
아닌데? 너 서운해 하고 있어.

"아니야. 정말 아무렇지 않아."
아니긴 뭐가 아니야. 맞잖아.

어떻게 내 마음을 네가 더 잘 아니?
나도 모르는 내 마음을 네가 어떻게 알아?

내가 아니라잖아
왜 자꾸 네가 아니라고 그래
내 마음인데, 내 감정인데.

밤이 아무리 길어도 아침은 온다

"밤이 아무리 길어도 아침은 오기 마련입니다."
– 햄릿 –

온갖 불행한 일들만 방학숙제처럼 밀려오는 날,
서럽고 억울하고, 어디 하소연할 곳도 없어 힘들고 지치는 날.
그리고 그런 날들이 하루가 아닌
일주일, 한 달, 1년 넘게 계속되는 그런 시기들.

'왜 내 인생은 이 모양일까?' 싶어 한숨과 함께 내뱉어보지만
오히려 마음은 더 무거워지는, 노력할 힘조차 없는 날.

그런 당신에게 나는 이렇게 말해 줄 것이다.
그치지 않는 비는 없다고
1년 내내 피어 있는 꽃은 없다고
칠흑같이 어두워 한 치 앞도 안 보이는 캄캄한 밤에도
언젠가는 밝고 맑은 아침이 온다고.

우리는 그저 조금 더 긴긴밤을 보내고 있을 뿐이다

끝나지 않은 밤은 없다
아침은 올 것이다.

어둠이 걷힐 때 밝은 햇빛으로 나와 활짝 웃자
우리-

다이아는 다이아로만 깎아내

부서지지도 변하지도 않아 '영원'의 상징인 다이아몬드
다이아몬드는 다이아몬드로만 다듬을 수 있대.

아름답고 찬란하게 빛나는 다이아몬드가 되려면,
자기 자신과 같은 다이아로 깎고 또 깎아야 해.

나는 한때 다이아몬드 같은 사람이 되자고 했어
그 누구의 비난에도 무너지지 않고
내가 선택한 길을 신념대로 가는 사람.

그러기 위해 나 아닌 다른 사람들의
휘몰아치는 '말'이라는 바람에 마모되지 않고
오직 내 안의 소리에만 귀 기울이자고.

나 자신과의 싸움에서 이기는 사람
어떤 후광도 없이 스스로 빛나는 사람
그런 사람이 되고 싶어.

그러니 다른 사람들의

근거 없는 비난과 시기 어린 질투심에

당신을 깎아내리지 마.

당신은 지금 원석에서

모두가 갖고 싶어하는 다이아몬드가 되기 위한 과정에 있는거야.

찬란하게 스스로 빛나는 다이아몬드가 되기 위해

자신을 깎고 또 깎으며 다듬는 과정에 있는거야.

포기하지 말고 그렇게 계속 자신을 다듬어

원하는 모습으로 변하기를,

응원할게.

남의 떡이 더 커 보인다는 속담은 틀린 말이 아닌가 봐

내가 주문한 볶음밥보다 앞자리 사람의 짜장면이 더 맛있어 보여

내가 하는 일보다 다른 사람 일이 더 쉬워 보여

나의 인생보다 다른 사람 인생이 더 편해 보여.

이런 생각은 나 혼자만이 아닌, 모두가 한다는 것.

어느 책에서 작가가 호텔 직원에게 부럽다고 말한 장면이 기억나

그러자 호텔 직원은 작가가 부럽다고 하지

왜 서로에게 부럽다고 했을까?

작가는 일의 '끝'이라는 게 있어 부러웠고,

직원은 정해진 시간에 일하는 자신과 달리

자유롭게 일할 수 있는 작가가 부러웠던 거야

그리고 작가는 이런 말을 덧붙이지.

"나의 하루에는 끝이 없어요."

이 글을 읽던 시절, 나는 대학원생이었어

공부에는 끝이 없고, 공부가 일인 경제학도는

당연히 '끝'이라는 게 없는 하루하루를 보내고 있었지

그래서 출퇴근하는 친구들이 부러웠다?

그리고 친구들은 공부하는 나를 부러워했고.

끝이 없다는 것, 나의 시간이 없다는 것

그게 얼마나 힘든지 겪어본 사람은 알 거야.

그래서 난 하루 일과의 끝이 있는 삶을 꿈꿨어

"오늘 할 일 끝!"이라 말하고

마음 편히 놀 수 있는 날을 간절히 원했어.

그러니까, 당신.

　　　　　"부러워 마요. 나의 하루에는 끝이 없거든요."

평생 볼 수 없는 나의 진짜 얼굴

동영상에 촬영된 내 얼굴을 보고 흠칫했다

남이 찍어준 사진을 보고 벌어진 입을 다물지 못했다

못. 생. 겨. 서.

"남이 보기에 내가 이렇게 생겼단 말이야?"

하고 충격에 빠져 셀카가 아니면 사진은 찍지도 않게 됐다.

남이 볼 때의 내 모습과, 내가 날 볼 때 모습의

괴리감이 너무 커서 자괴감에 빠졌을 때, 문득 이런 생각이 들었다

바로 사람들은 자신의 얼굴을 직접 볼 수가 없다는 것.

내 얼굴인데 나만 내 진짜 모습을 볼 수가 없다

거울을 통해서, 카메라를 통해서, 그림을 통해서, 타인의 눈을

통해서 등 무언가를 거치지 않고서는 내가 나를 직접 볼 수 있

는 방법이 없다.

내가 보는 내 모습은 볼 때마다 다른데,

내 진짜 얼굴은 어떻게 생겼을까.

왜 우리는 타인의 얼굴만 볼 수 있게 만들어졌을까?

그냥, 가끔 진짜 내 얼굴이 어떤지 궁금해지곤 해.

(자신의 진짜 얼굴을 보고 충격 받을까 봐,

남의 얼굴만 보라는 신의 배려가 아닐까 하고 살짝 짐작해 본다.)

"이게 뭐냐. 병신도 아니고"

내가 12살일 때, 오빠는 19살이었고 공사장에서 막노동을 했다. 자기의지도 아니고 그저 집안의 첫째이고 돈을 벌기 위해 어쩔 수 없는 선택이었다. 늘 그러듯 혼자 집에서 심심한 하루를 보내고 있던 나는 문이 열리는 소리에 반가워 나갔는데, 오빠가 이상하다. 다리를 절뚝거린다. 표정이 좋지 않다. 기분이 이상했다.

"막내야. 병원 좀 같이 가야겠다."

오빠가 말했다. 무슨 일이냐고 묻자 못에 찔렸단다. 집에서 쓰는 못이 아닌 공사장에서 쓰는 큰 못에 찔렸단다. 서슬 퍼런 대못이 오빠의 발을 찔렀을 상황을 생각하니 내 마음에도 대못이 박혀버렸다. 어린 마음에 나는 눈물이 터져 나오려 했다. 오빠의 한쪽 팔을 어깨에 걸치고 병원으로 갔다. 절뚝거리며 걷던 오빠는 혼잣말을 했다.

"이게 뭐냐. 병신도 아니고"

오빠는 욕을 하는 사람이 아니었다. 화낼 줄도 모르는 순하디 순한 오빠가 그런 말을 했다. 그리고 병원에 가서 치료받는 모습을 지켜봤다. 왜 저 발로 집에 왔을까. 찔렸을 때 바로 병원으로 가지 않았을까. 일하는 곳에서 보내주지 않았던 걸까. 혼자서 별의별 생각을 했다.

그리고 세월이 흘러 나는 발에 못이 찔렸던 오빠의 나이, 19살이 됐다. 오빠가 발에 못이 찔려 붕대를 감고, 어깨에 벽돌을 지고 다녔던 그때 나는 또각또각 소리를 내는 구두를 신고, 예쁜 가방을 어깨에 메고서 강의실로 향했었다. 같은 나이, 다른 삶을 살았다.

한 번도 청춘을 제대로 누려본 적 없는 오빠에게 아직 늦지 않았다고, 오빠의 인생을 살라고 말해주고 싶었다. 하지만 태어나서 지금까지 하고 싶은 일을 한 적이 없기에 시도할 용기조차 가질 수 없었을 것이다. 그래서 그저 묵묵히 지켜볼 수밖에 없었고, 오빠는 그렇게 또 20대, 30대를 보내고 있다.

못에 찔린 발과 맞바꾼 19살. 다시 되돌릴 수 없는 19살. 그런 오빠와는 다르게 너무나도 편안한 19살을 보낸 나는 미안함을 전한다. 오빠가 스스로 병신이라고 말한 그날, 나는 오빠에게 병신이 아니라고 그저 못에 찔렸을 뿐이라고, 아픈 것일 뿐이라고, 그런 말이라도 해서 그나마 다행이었다.

언젠가 오빠에게 19살과 같은 하루를 보낼 수 있게 해줄 것이다. 이런 게 청춘이라고, 내가 24시간을 괴롭혀줄 거다. 꼭 그렇게 해서라도 19살의 하루를 선물해주고 싶다.

이제는 곧 한 아이의 아빠가 될 오빠에게-
병신으로 기억되는 청춘이 아닌,
선물상자 열어보는 마음으로 청춘을 회상할 수 있도록
진짜 청춘의 기억을 만들어 주고 싶다.

언니는 어릴 때부터 나의 자랑이었다

예쁘고, 날씬한 몸에 잘 차려입은 옷을 입고, 하이힐을 신었으며

당차고 자신감있는 성격에 똑똑하기까지 한 그녀는

내가 어른이 되면 꼭 닮고 싶던 우상이었다

그런 언니를 많이 따랐고, 꼭 언니처럼 되겠노라 다짐했다

어린 나의 눈에 그만큼 멋진 사람은 없었으니까.

시간이 흐르고 언니는 대기업에 들어갔고,

두 아이의 엄마가 됐고, 여전히 아가씨처럼 예쁘다.

그런 언니는 언제부턴가 내게 '부럽다'고 말한다

처음에는 이해할 수 없었다

학자금 빚에, 모은 돈도 없고, 미래도 불확실하고 취업도 안 되는데

이런 나의 삶이 부럽다고? 도통 알 수 없는 일이었다.

어느 날 전화 너머로 언니는 또다시

"네가 부러워."라고 한다.

"넌 하고 싶은 게 많잖아. 난 하고 싶은 게 없어.

뭐든 하려고 마음먹으면 악착같이 해내는 성격도,

그 어려운 영어·수학도 포기 안 하고 대학원 공부하는 것도,

배운 적 없지만 그림을 잘 그리는 것도,

아직 어린데다가 하고 싶은 일이 많다는 거

그게 정말 부러워."

언니가 왜 날 부러워하는지, 이제야 알았다.

아이에 묶여 자유롭지 못하고, 책임져야 할 가족이 생겼고

하고 싶지도 않은 일을 억지로 해내야만 하고.

그렇게 어제인지 그제인지 오늘인지 구분이 안 가는

똑같은 하루를 반복해 살고, 앞으로도 그럴 것이라는 것.

그것이 언니의 하루였고, 내일이자 앞으로의 삶이었다.

무엇이 언니를 그렇게 만들었을까

당당하고 멋지던 언니를 누가 저렇게 묶어놔 버린 걸까.

언니는 하고 싶은 게 없는 게 아냐. 잘하는 게 없는 것도 아냐

언니는 호텔리어라는 꿈이 있었고, 일본어를 배우고 싶어 했고,

와인을 공부하고 싶어 했고. 뜨개질로 내 목도리도 만들어 줬잖아.

다시 옛날로 돌아가서 나의 우상인 그때의 언니를 데려와

그리고 다시는 내가 부럽다고 말하지 마

언제까지나 나의 자랑, 멋진 언니로 남아줘.

자신의 한계는 자신이 만드는 것

내가 대학생이 됐을 때, 온 우주가 나를 도와준다는
그 유명한 '시크릿'을 읽고 밑져야 본전이지 하면서
이전까지와는 다르게 아주 큰 목표를 세웠어.

예전 같았으면 생각조차 하지 못했을 그런 목표를
버킷리스트에 적어두고 "나라고 1등 못하란 법 있어?"하곤 했지
그렇게 '학과 1등, 조기졸업, 만년 장학생, 그리고 졸업식 때
우리 가족 앞에서 상 받는 모습을 보여주기'를 목표로 삼았어.

그 후로 나는 1등인 것처럼, 만년 장학생이 된 것처럼
상상을 하며 잠이 들었고, 그 꿈을 현실로 바꾸기 위해
어느덧 공부에 열중하며, 목표한 것의 대부분을 이뤄냈어.

생각해보니 나는 최선을 다 하지 않았더라고
나의 한계는 내가 생각하는 것보다 훨씬 더 위에 있었는데
스스로 '성장의 높이'를 제한시켜 버렸던 거야.

근데 재밌는 건, 대학원에 오니

대학 때 더 열심히 하지 않은 것 같다는 느낌이 들고,

직장을 다니니 대학원 때 열심히 하지 않았다는 기분이 드는 거야

그때는 그게 최선을 다 한 건줄 알았는데 말이야.

나의 한계는 아직 가보지 않았다는 걸 그때야 알았어

그래서 난 지금도 한 번씩 내 한계가 어딘지 시험해 보곤 해.

한계는 뛰어넘으라고 있는 거 같아

아직 당신은 자신의 한계가 어딘지 몰라

그리고 확실한 건 한계가 어디든 분명 해낼 수 있다는 거지.

기다리는 사람, 기다리게 하는 사람

우리는 누군가를 기다리고, 그리워하고, 사랑한다

그리고 상대방을 원망한다

왜 날 기다리게 하느냐고, 왜 그리워하게 만드느냐고,

"이럴 거면 왜 날 사랑한 거야?" 하고.

근데, 그거 알아?

우리는 그 상대방이 되기도 한다는 것 말야.

누군가는 나를 사랑하고 그리워하고, 울고 있을지도 몰라

나를 기다리며 가슴이 찢어지는 고통을 느끼고 있을지도 몰라

하지만 우리는 그들의 마음까지 헤아려 본 적이 없어.

내가 누군가를 기다리게 하는 사람이란 건 모르고,

내가 누군가를 기다리는 사실만을 알려고 해.

그래서 나만 아픈 줄 알지

내가 누군가를 아프게 한다는 건 몰라.

오늘 밤 내가 누군가를 그리워하며 아픈 마음은,

나를 그리워하게 만든 누군가의 마음을

아프게 한 값일지도 모른다는 생각을 해봤어.

'제발'이라는 말

살면서 '제발'이라는 말을 얼마나 써봤을까?

나는 중간, 기말 성적표가 나올 때도
대학교 합격 결과가 나올 때도
'제발'이라고 손 모아 말하지 않았다.

제발이라는 말.
그 어느 때 보다 간절하다는,
자존심마저 모두 내려놓고 진심만 남은 그 말.

엄마가 병원에서 정밀검사를 받을 때,
"제발 별일 아니기를" 기도했고
사랑하는 사람이 헤어지자고 했을 때
"제발 가지 마."라며 울었다.

그 간절함이 담긴 두 마디 '제발'이
얼마나 간절하고 처절한지 나는 알아.

하지만 세상은 그 '제발'이라는 말을 들어주지 않는다.

어쩌면 그 말은,

다가올 불행을 예견하는 말일지도 모르겠다.

침묵, 그리고 평생 모를 비밀

네가 나에게 헤어짐을 고하던 순간,

나는 그냥 입을 꾹 다물고 알겠다고 했지.

하고 싶은 모든 말을 거침없이 내뱉던 너와 달리

나는 그저 숨죽여 울었지.

아마 너는 모를 거야

나 또한 네게 거침없이 잘못을 지적할 수 있었단 걸,

우리가 '너와 나'로 다시 돌아가는 데에는

나의 잘못만이 있는 게 아니라는 걸,

너의 잘못도 있다는 걸 너는 평생 가도 모르겠지.

나는 네가 잘못된 점을 고치길 바라지 않아

그래서 더 나은 사람이 되는 걸 보고 싶지 않아

그렇지만 나는 너의 말에 상처받고 더 좋은 사람이 될 거야.

네가 이 비밀을 알게 되면 어떨까?

자신의 잘못을 볼 자신이 없는 겁쟁이인 너에게

나의 침묵은 약일까 독일까.

나의 침묵, 나의 비밀, 너의 벌

네가 그토록 싫어하던 내 우울함이 너로 인한 것이라는 걸

네가 평생토록 모르기를, 이기적인 난 그걸 원해.

(찌질해서 미안하다. 그래도 말 안 해 줄 거다.)

노력으로 이룰 수 없는 일

노력, 열정, 성실, 근면 등등
이것들만 있으면 어벤져스라도 된 듯
세상에서 이룰 수 없는 것은 없다고 말하곤 해.

"노력은 배신하지 않는다."
"노력해서 안 되는 일은 없다."

이런 말들이 쏟아지는데...
노력으로는 죽어도 안 되는 게 있어.

바로 사람의 '마음'

싫어하는 사람을 노력해서 사랑스러운 마음으로 보듬을 수 있어?
미친 듯이 사랑하는 사람을 노력해서 원수처럼 싫어할 수 있어?
사랑하는 사람에게 날 사랑하게 해달라고 노력하면 이뤄질까?
이건 노력 밖의 일이야.

노력으로 얻을 수 없는 것.

떠나간 사람의 마음,

지나간 사랑,

간절히 원하는 당신.

그래서 우리는 이렇게 아픈가 봐.

사랑한다는 말로는 부족해

사랑이라는 걸 모르던 나이에는
"사랑해"
라고 잘도 말하곤 했다.

정말 사랑하는 사람을 만난 나이에는
"사랑해"
라고 말하고도 내 마음을 다 전할 수 없었다.

사랑한다는 말에 마음이 다 들어가지 않아
그 세 글자에 나의 큰마음을 다 표현할 수 없어.

그래서 사랑이라는 말보다 더 큰 사랑을 담은 말이
세상 어딘가에 있으면 좋겠다는 생각을 했다.

"사랑해라는 말보다 더 많은 사랑을 담은 말이 있으면 좋겠어."

민들레 홀씨 같은 사람

길가에 핀 민들레 홀씨를 훅-하고 불어서 날려본 적 있니?
그 홀씨는 어딘가에 정착해야만
다시 민들레로 어여쁘게 피어날 수 있어
그래서 하나하나의 홀씨는 아주 절실해.

그걸 보고 나니까,
나는 딱 '민들레 홀씨 하나'와 같은
그런 사람을 만나고 싶어졌어
내가 아니면 안 되는 사람, 내가 절실한 사람.

수많은 민들레 홀씨들을 불어서
여기저기 아무 곳이나 정착하면 되는
절실함이나 진심은 없는 그런 사람 말고.

내가 없으면 안 되는,
민들레 홀씨 하나같은 그런 사람을 만나고 싶어.

막차를 보내고 해맑게 웃던 당신

데이트를 마치고 막차를 놓치지 않으려
미친 듯이 뛰어 버스에 탔다.

평소처럼 당신에게 인사를 하려고
창밖을 보며 두리번거리는데 보이지 않는다.

그런데 내 옆자리에 누군가 털썩 앉는다
당신이었다.

"혼자 보내기 위험해서"
"바보야! 이거 막차잖아. 너 집에 어떻게 가려고?"
"막차 좀 놓치면 어때. 남자는 길바닥에서도 잘 자"

얼굴 더 봐서 좋다고, 막차를 보내고
순수한 아이 같은 미소를 지어 보이던 사람.

종종 당신은 막차를 아쉬움도, 미련도 없이 보내곤 했다
당신에게 사랑받고 있다는 느낌에 행복이 턱 끝까지 차올랐고,

157

날 따라 막차에 무작정 오르는 당신과 마주 보며 웃곤 했다.

택시 탈 돈도, 차도 없던 풋풋한 20대 시절.
세월이 흘러 빛바랜 종이가 될 기억으로 남을지라도,
꼭 간직하고 싶은 편지와 같은 추억을 남겨줘서 고마워.

들려주고 싶은 음악이 있었는데

회사에서 해고 통보를 받고
당신과도 헤어지고
무작정 홍콩으로 떠났어.

세계 3대 야경이라는 빅토리아 피크에 가는데,
그 멋진 장면을 당신과 함께 보고 싶다는 생각이 들어
갑자기 슬퍼지더라.

당신과 함께 보러 오고 싶다고,
말하고 싶었지만 그럴 수 없었어. 우린 남이니까.

혼자 음악을 들었어
수많은 사람들의 행복한 웃음소리가 미워졌거든
검정치마의 '나랑 아니면'이란 노래를 들으면서,
당신을 떠올렸어.

나랑 아니면, 당신의 인생이 허전하기를 바라

나랑 아니면, 당신의 인생이 완벽하지 않기를 바라

나랑 아니면, 당신이 온전한 당신으로 존재하지 않기를 바라

그런 마음으로 음악을 들었어

그 음악, 당신과 함께 이어폰 하나씩 나눠 끼고 들으려,

만날 날만을 기다렸는데 끝이 나버렸어.

그 음악에서는 무엇이든 함께 하자는 그런 가사였는데,

아주 오래 함께 하자는 그런 가사였는데,

사랑 가득 담긴 그 음악을 들을 때마다

난 그날이 떠올라 슬퍼지곤 해.

여전히 같은 마음이야

들려주고 싶다~

내 마음과 꼭 닮은 그 노래.

검정치마의 '나랑 아니면'

사랑하는 척, 사랑하지 않는 척,

뭐가 더 어려울까?

연인이 있다

한 사람은 자신의 연인을 사랑하지만,

곧 다가올 이별에 사랑하지 않는 척 보내주려고 한다.

한 사람은 자신의 연인을 사랑하지 않지만,

상처받을 상대방을 위해 사랑하는 척 연기를 한다.

누가 더 힘들까, 누가 더 어려울까.

누가 봐도 눈에서 꿀이 뚝뚝 떨어지는 게 보일 만큼

사랑하는데 사랑하지 않는 척 숨기는 일.

누가 봐도 눈빛이 산꼭대기의 만년설처럼 서늘한데

사랑하지 않으면서 사랑하는 척 숨기는 일.

가늠하기 힘들 정도로 둘 다 어려운 일일거야

그리고 아마 그들의 상대방은 더 어렵고 힘들 거야

그 마음 이미 눈치 챘을 테니까.

그냥, 세상에 이런 비극이 없으면 좋겠다

비밀 없이 사랑으로 행복한 연인만 있으면 좋겠다.

먹어도 배가, 아니 마음이 고픈 날

밥 한 그릇 뚝딱 해치우고, 후식으로 과일도 먹고,

TV 보는데 심심하다며 봉지 과자를 집어 들고,

목마르다며 음료수를 꺼내고,

느끼하다며 또 무언가 먹을 것을 찾다가

순간 정신이 번쩍 들더라.

나 뭐하고 있니? 이렇게 먹었는데 왜 배가 고파?

저만큼 먹고도 배가 고프다니, 말이 안 되잖아.

한참 고민하고서 나름의 원인을 찾아봤다

내가 내린 결론은, 배가 아니라 마음이 고픈 것이라고.

사람들과 함께 할 때 그들이 주는 웃음, 위로, 즐거움

서로가 서로에게 나눠 주던 온기, 눈빛, 마음들이 곁들여진

식사 자리에서는 음식 몇 점만 먹어도 배가 고픈 줄 몰랐다.

마음이 빠져버린 식탁에는 허기만 가득하다

아무리 먹어도 채워지지 않는 공허함,

밥숟가락 위에 함께 얹혀 있던 웃음소리,

물속에 들어있던 타인의 온기,

곳곳에 소금처럼 뿌려진 사랑 가득한 마음.

혼자 먹는 밥을 꾸역꾸역 입속에 밀어 넣을수록

아이러니하게도 배가 더 고파진다

그것들이 없는 음식을 먹으면서 속은 점점 더 텅 비어간다.

그래, 나는 마음이 고팠구나

사람이 그리웠구나

그랬구나.

친구로 남지 못해 미안…

풀리지 않는 숙제,

'남녀 사이에 친구가 될 수 있을까'라는

문제에 나는 흔쾌히 '있다'고 생각했어.

그렇기에 우린 참 좋은 친구가 됐어

이성의 감정이 아닌 우정으로 매시간을 꽉꽉 채워나갔지.

그런데, 그게 안 되는 거였나 봐

S는 20살 어린아이처럼 모든 일을 뒤로하고

내게 달려올 만큼 날 사랑하게 됐고,

나는 친구로서의 편안함과 좋은 감정을 착각했지.

그로 인해 나는 당신에게 아주 큰 상처를 줬어

나라는 친구도 잃고, 사랑하는 여자도 잃은 S는

친구들과 활발하게 어울리지도 않고,

주변 사람들과의 약속도 잡지 않은 채

집에서 혼자 시간을 보내며 마음 아파했지.

남자친구가 될 순 없어도 마지막으로 해주고 싶은 게 있다며,
물품 보관함의 번호와 비밀번호를 알려주고 당신은 뒤돌아 갔어.

보관함 안에는 내가 먹고 싶다던 케이크가 들어 있었지
그 케이크를 보자마자 눈물이 터져 나왔어
당신에게 이렇게 큰 사랑을 받을 만큼 난 좋은 여자가 아닌데…

미안함에 다 큰 여자가 길거리에서 울었어
당신만큼은 아니지만 나 또한 많이 아팠다는 걸,
그리고 한순간 나의 실수로 당신을 잃어 후회한다는 걸,
당신도 알아줬으면 하는 마음은 내 욕심이겠지.

그 아픔, 상처 내가 다 가져갈 테니 부디 행복하기를
당신도 아프지 않고 많이 웃으며, 잘 지내기를–

끝을, 결말을 알았다면 달라졌을까

영화 '김종욱 찾기'를 보면, 주인공 여자는 마지막을 싫어한다
소설의 마지막도 읽지 않고,
남은 호두과자 한 개도 먹지 않고 남긴다

왜 그러냐고 물어보니,
자신이 원하는 결말이 아닐까 봐 그렇다고 한다.
그래서 연애 또한 시작조차 하지 않고
미련만 남긴 채 혼자 살아간다.

결말을 미리 안다면 그녀는 어떻게 했을까?
행복한 결말이라면, 내가 원했던 결말이라면 시작하고
불행한 결말이라면, 내가 원치 않던 결말이라면 시작하지 않고
그렇게 끝을 알고 있다면 그녀의 삶은 조금은 달라졌을까?

인생, 무슨 일이 어떻게 시작되고 끝날지 모르기에
우리는 하루하루 반복되는 일상을 견디고 살아가는 것 아닌가.
불행한 일도 행복한 일도 번갈아 찾아오는 것이
살아가는 재미 아닌가.

늘 행복하기만 해도, 늘 불행하기만 해도 인생은 재미없다
더군다나 그걸 미리 알아버린다면 더더욱 싱거워질지도 모른다.

끝을 모르기에 우리는 손에 땀을 쥐며 영화나 드라마를 보고,
결말을 모르기에 무언가를 시작하고 도전한다
어떠한 결과가 나올지 모르기에 무언가를 시작할 수 있는 것이다.

그 과정에서 우리는 성숙해지고, 무엇인가를 시작할 용기를 배운다.

"이길 수 없는 싸움일지라도 싸우겠다" 던
돈키호테의 말처럼,
결말을 알 수 없음에도 불구하고, 나아가자.
그렇게 우리는 알 수 없는 미래 속에서
울고 웃으며 더 큰 사람이 될지도 모르니까.

구남친日 "다른 남자 소개시켜줄게."

누구나 기억에 남는 최악의 구 연인은 있는 거잖아, 그치?

그리고 남들에게 내가 또 최악의 구 연인 일수도 있고.

근데 난 정말 최악의 남자, L을 만났어.

잘 만나보고 싶었지만 서로 안 맞는 게 너무 많았어

그래서 헤어졌지.

며칠 후 L이 술에 취해 전화가 왔어

뭐라 뭐라 횡설수설하더니 좋은 남자 만나래

뭐 흔히 많이 하는 말이니까, 그러려니 했어

근데 이어서 한 말이 뭐냐면,

"다른 남자 소개시켜줄게"

순간 내 귀를 의심했지. 나 헛소리 들리나?

그래서 무슨 말이냐고 다시 물어봤어.

말 그대로 자기가 좋은 남자를 소개해 주겠다는 거야.

말이 돼? 자기가 좋아하고 사랑했던 여자를

다른 남자에게 소개해 주겠다는 게, 그게 말이 되냐고.

정말 충격적이었어

아, 난 이 사람에게 그렇게 가벼웠구나

누굴 만나도 이 사람만큼 최악은 없을 거 같아.

안녕이라는 말, 참 이상한 단어다.

만날 때도 안녕, 헤어질 때도 안녕

같은 말인데 언제 쓰느냐에 따라 의미가 달라지는 말,

그래서 좋다가도 싫고, 싫다가도 좋은 이상한 단어.

누군가 그랬다

만날 때, 헤어질 때의 말이 같은 나라가 한국 말고 또 있을지

미국만 하더라도 만날 땐 Hello, 헤어질 땐 Good bye가 있다

그래서 우리는 안녕이란 말을 들을 때 가끔 고민이 깊어진다.

안녕? 이건 누가 봐도 만났을 때 하는 인사의 의미다

안녕! 이건 애매모호하다. 만났을 때,

　　　　아니면 씩씩하게 헤어질 때인가?

안녕. 누구에게 받는 말인지에 따라 의미가 달라지겠지

안녕… 누가 봐도 슬픈, 헤어짐의 안녕처럼 보인다

안녕 아무것도 붙여지지 않은 이 두 글자는 정말 해석 불가다.

같은 말인데 저렇게 물음표와 느낌표, 점 하나만으로도
의미가 수없이 많아지고 달라진다.

특히 연인 사이에 안녕이라는 말, 정말 골치 아프다
지금 그만 하자는 건가? 하는 말로 들리기도 하니까.

근데 슬픈 건 말이야,
굳이 설명하지 않아도 다 안다는 거야.
상대방이 말하는 안녕의 의미가 무엇인지
우리는 이미 다 알고 있어.

만남을 뜻하는지, 헤어짐을 뜻하는지
다시 묻지 않아도 무슨 말인지 이미 알고 있다는 것,
정말이지 '안녕'이라는 단어는 이상한 말이다.

마음의 공복이 필요해

공복이라는 의미는 배가 비어있다는 것,

그것도 언제나 음식으로 가득해야 할 배가 비어 있다는 것

늘 먹을 걸 입에 달고 사는 내겐 말도 안 되는 일이라는 것.

그런데 한 번쯤 그런 공복감이 기분 좋게 느껴질 때가 있다

아무것도 없는, 텅 비어 있어서 가볍고 상쾌한 그런 느낌말이다

공복 상태라고 해서 무조건 배가 고픈 건 아니니까.

그러다 문득 마음에도 공복이 필요하지 않을까 싶었다

마음을 들여다보니 온갖 감정들로 가득 차 있어서 비우고 싶었다.

특히 가지고 있어봤자 좋지도 않은,

부정적인 감정들로만 한가득 차 있는 마음을 비우고 싶었다.

어느 날, 마음에 이런 감정이 하나도 없는 상태가 왔다.

아무것도 없는 '마음의 공복'을 느끼니 정말 신기하게도

그 누구도 밉지 않고, 어떤 화도, 짜증도 나지 않았다.

미움 자체가 없어지니 세상 모든 미움이 사라져버렸고,

날 미워하는 마음마저도 없어지더라.

미움만 가득한 사람은 자신한테도 타인한테도 미움밖에 줄 수가 없어. 우울로 가득한 사람도, 짜증으로 가득한 사람도 그럴 수밖에 없어.

그러니 훌훌 다 털어버리고 마음을 깨끗하게 비워보는 거 어때?
세상이 이렇게 평화로웠나 싶을 정도로 깃털처럼 가벼워져
지금도 한 번씩 마음이 복잡해지면 마음의 공복을 연습하곤 해
속는 척 한번 당신도 같이 해줬으면 좋겠다.

누구도 전화를 받지 않는 밤에 홀로

불 꺼진 밤, 희미한 핸드폰 불빛만이 방을 채운다
어둠 속에서 저장된 연락처를 뒤적이며 전화를 걸어본다.

신호음만이 울리고 곧 들리는 소리.
"고객이 전화를 받지 않아..."

실망한 채 또다시 다른 이에게 전화를 건다
같은 일을 두 번 세 번 반복한다
역시나 누구도 전화를 받지 않는다.

문득 이곳이 방이 아니라 누구에게도 닿지 않는
우주 한복판이 아닐까, 나 홀로 동떨어진 것이 아닐까,
여러 생각에 잠긴다.

지독한 외로움을 이불 삼아 덮고 눈물을 삼킨다
방에 비추던 흐린 불빛마저 꺼져버렸다
그런 밤, 그런 날, 그런 시간,

다시 오지 마라.

화가 날 때가 있다. 자주 있을 것이다

억울할 때가 있다. 많이 있을 것이다

참다못해 쌓이고 쌓여 분노가 활활 타오를 때가 있다.

참아야 할까 말아야 할까,

'죽느냐 사느냐 그것이 문제로다'만큼 고민이 된다.

참자니 화병 나서 죽을 거 같고,

안 그러자니 쪼잔하거나 이상한 사람 취급받을 거 같고.

그러다 이러지도 저러지도 못하고

분노가 당신을 조금씩 갉아먹을 것이다.

분노라는 늪에 빠져 허우적거릴 때,

분노가 나를 삼켜 잠식됐을 때,

그때 우리가 할 수 있는 일은 무엇일까

아니 무엇을 해야만 할까.

내 대답은 싱겁게도 '아무것도 하지 말라'는 것이다

분노에 잡아먹히면 우리는 더 이상 이성을 가진 사람이 아니다
감정 게이지가 '짜증, 화, 억울함, 답답함, 분노'로만 채워지니까
그때의 마음으로 무언가를 한다면,
다시 이성이 돌아왔을 때 후회하게 될 것이다.

잠들기 전이나, 화장실에서 볼일 보다가도,
번뜩 생각이 나 "그러지 말 것을. 왜 그랬을까"하며
머리를 쥐어뜯을지도 모른다.

딱 10분만 아무것도 하지 말고 기다려보자
잠시 자리를 비우고 바람을 쐬러 나가 심호흡을 해보자
그래도 마음이 가라앉지 않으면 자리로 돌아와 종이에
분노의 글쓰기(시바견이냐?, 조밥 같은, 이천십팔년도야)를 하고
그걸 쫙쫙 찢어버리거나 으드득 구겨서 멀리 던져버리자.

이성을 잃고 분노에 잠식됐을 때 해야 할 일,
바로 아무것도 하지 않는 것!
(분노가 먼저 튀어나와 망한 일이 많은 내가 겪은, 주옥같은 조언임)

꼭꼭 숨었다

당신은 많은 연애를 했던 사람이었다
그리고 연애가 끝날 때 당신을 잡는 상대방에게
'구질구질'하게 굴지 말라고 차갑게 말했던 사람이었다.

그런데 나에겐 그렇지 않았지.

내 연락을 계속해서 받았고,
다른 사람을 만났다는 말에 서운하다고 말하기도 했고.

당신은 과거와 달리 그렇게 모진 말로 나를 내치지 않았지.

그러던 어느날, 당신은 내가 찾을 수 없는 곳으로 숨어 버렸어
참고 또 참고 못 견뎌 전화를 걸었는데 없는 번호였고,
쿵쾅거리는 심장을 부여잡고 당신의 SNS를 찾아봤지만 삭제됐
더라.

말 그대로 꼭꼭 숨어서, 더 이상 내가 당신을 찾을 수 없게 됐다.

왜 당신이 나의 세상으로부터 사라졌는지 아직도 답을 찾지 못
했지만, 그게 당신의 선택이라면 찾지 않을게.

행복 하라는 말, 미안했다는 말,
전하지 못해 그게 마음 아플 뿐이야.

찾지 않을게
봐도 모르는 척 지나칠게
그러니 더 이상 숨지 않아도 돼.

안녕, 나의 당신. 영원히 안녕-

마카롱의 쓴맛

겉은 바삭하고, 속은 쫀득하고 달콤해서
유혹을 맛으로 표현한다면 이런 맛일까 하는
착각이 들 정도로 좋아했던 마카롱.

하루에 12개 세트를 다 먹기도 하고,
마카롱이 보이면 그냥 지나치지 못하고 사들고 오던 나였다.

그랬던 내가 어느 날부턴가 마카롱은 쳐다보지도 않게 됐다
그 달콤한 맛이 입안으로 들어오면 자꾸 쓴맛으로 변해서…

나처럼 마카롱을 좋아했지만 사치라고 생각하던 당신,
주머니가 가벼웠던 당신에게 마카롱을 선물하고 싶던 나.
맛있게 먹는 당신의 모습을 보며 유혹에 행복까지 맛봤었지.

그런 당신이 내 삶에서 사라지고 난 후
마카롱이 더 이상 달지가 않다. 그저 쓰기만 하다.
마카롱이 다시 달콤하게 느껴질 날이 올까?

일어나. 툭툭 털고 꿈에서 깨어나

내가 가장 좋아하는 뮤지컬 '지킬 앤 하이드'에서 나오는
'A new life'라는 제목의 노래 가사다.

"내 사랑 나를 뒤흔들고 떠난 사람
홀로 남겨두고 떠나가지만, 추억들을 간직해야 해
일어나, 툭툭 털고 꿈에서 깨어나.
공연한 환상에서 벗어나
잘해왔잖니, 지금까지.

내 인생 보잘 것은 없다 해도
내 삶, 내 스스로 감당해야 할 내 삶
쓰러지지 마 버텨야 해

새 인생, 폭풍은 지나갔어
새 인생, 다시 태어날 것처럼
환생, 풀잎처럼 다시 일어나
내가 살아가야 할 인생, 시작해 새 인생"

삶이 힘들어질 때 이 음악을 듣는다.

다른 이의 인생도 아니고 나의 인생이다
지금까지의 삶이 엉망이었을지라도,
고독과 고통의 연속이었을지라도 살아야만 한다.

그래서 노래 속 가사처럼 다시 툭툭 털고 일어나기로 했다
내가 날 안아주고, 이야기를 들어주고, 머리를 쓰다듬으며
"그래, 내 인생이야. 남들이 보기에 어떨지 몰라도 내 삶이야."
라고 자신에게 말해본다.

지금까지의 힘든 삶이 앞으로도 또 닥쳐올지 모르지만,
살아가려면 이겨내야 하기에 언제나 다시 새롭게 시작하자고
흔들거리는 마음을 꼭 붙들었다.

다른 사람도 다 똑같을 거야

다른 사람도 나와 같은 감정을 느낄 거야

그들 모두 이렇게 힘들게 살아가고 있는 거야

자신만의 세상에서 주인공으로 살아가고 있을 거야.

그러니까 우리, 노래 제목처럼

정말 오늘이 태어난 첫날이라 생각하고

다시 한 번 새롭게 살아보지 않을래?

#3   세상

누군가에게는 천국, 누군가에게는 지옥

그러나 모두가 살아가야 할 곳

다 몰라도 난 알아, 당신 힘든 거

힘들다는 이들에게 "힘내"라고 말하기 어려워진 세상

나조차도 힘에 겨워 모르는 척하는 세상

너만 힘든 거 아니라고 말하는 세상

투정 부리지 말라고 다그치는 세상.

어쩌다 이렇게 된 것일까

세상에 안 힘든 사람이 어디 있겠어

항상 행복하고 웃을 일만 가득한 사람이 어디 있겠어.

그렇지만, '힘들지?' 하고 먼저 말 건네는 거,

돈 드는 것도 아닌데 왜 그렇게 뾰족해졌을까?

알아, 지금의 당신이 남의 힘듦까지

보듬어줄 수 있는 상황이 아니라는 거.

그런데 있잖아

치열하고 각박한 하루를 끝내고 돌아온 당신에게

"힘들지? 고생했어."

라고 말해주는 이가 있다면 어떨 거 같아?

난 있잖아, 그 일곱 글자에 엉엉 울어버릴지도 몰라
내가 힘든 걸 알아주는 사람이 있다는 것에
마음이 벅차올라서 어린 아이처럼 울지도 몰라.

그래서 난 힘들어도 먼저 "힘들지?"라고 물어보려 해
그들에게 필요한 건 해결책이 아닌,
자신을 이해해주는 사람이 있다는 안도감과 위로니까.

누군가 먼저 나의 힘듦을 알아주길 기다리기보다
먼저 가서 손 내밀어 보는 거야.

"힘들지?"
"응..."
"나도 힘들다? 그러니까 우리 같이 힘내자."

난 그렇더라. 내가 지금 당장 죽을 것처럼 힘들어도

내 사람들의 힘든 마음을 쓰다듬어주면,

어느덧 나도 따뜻해지더라.

나도 누군가에게 힘이 되어줄 수 있는 사람이구나 하고.

일상 속 '상대성 이론'

아인슈타인의 일반상대성이론, 들어 봤지?

중력에 따라 시공간이 변한다는 거, 그거 사실은 엄청 쉬워.

물건을 주문하는데 걸리는 시간은 클릭 한 번,

그렇지만 물건이 택배로 오기까지의 시간은 너무나 길다.

공연을 볼 때 집중해서 보면 금방 휴식시간이 오지만,

중간에 화장실을 가고 싶어지면, 그때부터 시간은 너무 느리게 가.

주말 동안 이틀 쉬는 날은 두 시간처럼 빨리 가버려

평일 동안 일하는 5일은 너무도 긴데 말이지.

사랑하는 사람과 함께할 때 시간은 무척 짧지만,

헤어지고 나선 1초가 하루 같았지

보고 싶고, 연락하고 싶어 죽겠는데

헤어진 지 고작 며칠밖에 지나지 않았더라.

어때, 쉽지?

189

하지만 치킨은 예외야. 항상 시간이 느리게 가거든

주문하자마자 이렇게 외치지 않아?

"왜 이렇게 늦게 와??"

"야, 치킨 주문한지 이제 1분도 안 지났어."

"닥쳐. 시간은 내가 정해."

신은 날 과대평가했어

그런 말 있잖아
신은 이겨낼 수 있는 시련만 준다고.

처음에는 그 말을 믿었다?
"그래. 이까짓 거 이겨내지 뭐"하고
패기 넘치던 때가 있었어.

근데 지금은 이런 생각을 해
끝도 없이 시련만 주는 신은 날 과대평가했다고
패기고 열정이고 나발이고 신한테 소리치지.

"이 양반아. 나 좀 그만 괴롭혀!
이래 보여도 나 연약한 사람이라고!"

도대체 나는 신에게 무슨 미움을 샀기에...
이러는 걸까 생각하다가 문득 아차 싶었다.

"나 무신론자인데...?"

친구 촬영이 없는 결혼식, 본 적 있니?

우리나라의 결혼식은 가족과 가족의 결혼식,

그들이 무엇을 얼마나 많이 가졌는지 보여주기 위한 결혼식이잖아.

화환이 몇 개 왔는지, 방명록에 몇 명이 왔다 갔는지

식장 안에 사람이 몇이나 왔는지, 친구들은 몇 명이나 있는지

주례하시는 분의 경력은 얼마나 대단한지

신랑과 신부의 직업이나 능력, 그들 부모에 대한 말까지.

그런 한국적인 결혼식에서 아주 특이한 결혼식을 봤어

직계 가족사진을 찍고, 친인척 사진을 찍고

친구 촬영을 하고 부케를 던지는 사진을 찍는데

바로 '친구 촬영'이 없는 아주 특이하고 특별한 결혼식.

결혼식 당사자들이 친구가 없었을까?

맞아. 없었어

통속적인 기준으로 봤을 때 그들은 친구가 없었어.

하지만 내 눈엔 그 누구보다도 친구가 많아 보였어

신랑의 친구 한 명, 신부의 친구 한 명

딱 이렇게 왔거든.

앞에서는 축하해주고, 뒤에서는 이건 얼마일까 저건 얼마일까,

서로 계산기 두드리는 가식적인 친구 1,000명 있는 것보다

아무것도 따지지 않고 진심으로 축하해주고 행복을 빌어주는

단 한 명의 친구가 있으니 그들은 성공한 인생을 살고 있는 것이다

아니, 이미 성공했다.

그 특별한 결혼식은 바로 나의 친오빠의 결혼식이었다

부디 그 하나뿐인 친구, 끝까지 함께하렴

세상이 두 쪽 나도 오빠 옆에 있어줄 가족 외 단 한 사람일 테니까.

열심히 사는 것과 잘 사는 것

"그동안 잘 지냈나요?"
정신과 원장님이 물었다.

"네. 그동안 밀린 공부도 하고, 청소도 하고, 그림도 그렸어요."
그러자 원장님이 다시 물었다.

"미경 씨, 제가 잘 살라고 했죠?"
"네! 잘 살라고 해서 열심히 했어요."
"거봐요. 제가 잘 살라고 했지, 언제 열심히 살라고 했나요."

그때 처음 알았다.
잘 사는 것과 열심히 산다는 것이 다른 의미라는 것을.
잘 살기 위해서는 열심히 해야 한다는 편견에
잘 살지 못하고 있었다.

잘 사는 것과 열심히 사는 것은 전혀 다른 것이라는 걸
잘 살기 위해 꼭 열심히 살아야 할 필요는 없다는 걸
그 단순한 사실을 그제야 알았다.

194

열심히 사는 것도 중요하지만,

그보다 더 중요한 건 잘 사는 것이다.

그러니 우리 무조건 열심히만 살지는 말자.

소통하는 일, SNS와 모바일로 참 쉬워진 시대다

일면식도 없는 사람과 말을 주고받고 공감대를 형성하고,

간혹 실제 만남으로 이어지기도 한다.

하지만 시작이 쉬운 만큼 끝도 쉬운 법

한쪽에서 '차단'이라는 버튼을 누르면 손쉽게 관계가 툭, 끊어진다.

편리하자고 만들어진 것들이

어쩐지 사람 사이를 더 멀어지게 하는 거 같다.

유용한가 싶다가도 누르기 전 손끝이 시려오는 '차단' 버튼.

진지함이나 진심을 찾으면 구시대 사람 취급을 하는 요즘.

그래도 난 희망을 버리지 못해

쉽게 이어져도 쉽게 끊어지지 않는 사이가

어딘가 있을지도, 그럴지도.

보여주기 위한 삶,
나 같은 나 아닌 듯 나를 만드는 과정

열심히 꾸미고 차린 단아한 식탁

화려하게 차려입고 공들여 화장한 후 찍은 얼굴

휴양지의 리조트에서 여유롭게 잡은 포즈

백화점에서 비싸게 주고 산 물건들.

이들을 사진 속에 담아 행복한 척, 여유로운 척

남들의 부러움을 사기 위해, 남의 시선을 받기 위한 삶을 산다.

이건 내가 아닌데…

현실과 가상에서의 괴리감에도 불구하고,

중독된 듯 보여주기 위한 삶을 끊지 못한다.

그리고 진짜 나를 잃어버렸다

내가 누군지 모르겠다. 세월이 흐른 후 스스로에게 묻는다.

"진짜 '나'는 어디에 있지?"

강요하는 사회, 이건 폭력이야!

회를 못 먹어. 아니 안 먹지

가시가 있을까 봐 무섭기도 하고, 그 식감도 싫어

청국장도 술도 좋아하지 않아. 벌레도 무서워해

닭백숙도 그다지 좋아하지 않아

음 그리고 또 공포영화도 못 보고, 고소공포증도 있어

아 결정적으로 난 짜장면을 안 먹어

어릴 때 먹고 일주일 동안 죽을 만큼 아팠거든.

그걸 말하잖아?

그런 거 편식이고, 안 해 버릇해서 그런 거라고

더 억지로 시키고 그런다?

언제 한 번 횟집 가서 회를 먹여야겠다고 해

날 잡고 술을 가르쳐야겠다고 해

공포영화 다 뻥인데 뭐가 무섭냐고 같이 보면 안 무섭다고 말해

중국집 가서 짜장면 한 젓가락만 먹어보라고 그래.

왜 굳이 강요해서 자신들의 입맛대로 바꾸려고 할까
소신 있게 이유를 말하면
"누가 미경 씨 데려갈까, 참 불쌍하다" 아니면
"남자 중에 회 싫어하는 사람 없어. 그럼 연애 못해~"
라고 말한단 말이지.

내가 싫어하는 걸 억지로 바꿔가면서까지
사회생활을 해야 하는 걸까?
심각한 고민의 블랙홀 속으로 쏘옥 빠졌지 뭐야
싫은 걸 싫다고 말하면 안 되는 걸까,
싫어도 숨기고 살아야 하는 걸까 이런 생각 말이야.

왜 사람들은 남을 자신처럼 똑같이 만들지 못해서 안달인지
자신의 기준을 강요하는 건지 정말 모르겠는 거야.

그래서 난 이렇게 결론을 내렸어
내가 싫어하는 것들, 못하는 것들, 안 하는 것들이
사회에 피해를 주는 것도 아닌데
강요하는 건 폭력이라고.

우리가 남들과 다르다고 해서

이상한 사람은 절대 아니거든.

그러니까 남들 기준에 날 바꾸려 하지 말고,

폭력적인 사회를 탓하기로!

'갑, 을, 병, 정…' 그저 무언가를 칭하기 위해 쓰이는 말

흔히 계약서에서 많이 보는 '갑과 을'

단어 자체에는 아무런 의미가 없지만, 암묵적으로 신분이 된 말.

갑은 상류층, 을은 하류층

돈을 주는 사장은 '갑'이고, 시간과 노동력을 할애하는 직원은 '을'

이렇게 권력관계가 생기면서 '갑질'이라는 말도 생겨났다.

대기업 횡포, 재벌가의 부정, 비리 등등에 다수의 을들은 분노한다.

'갑질'하는 세상은 없어져야 한다고 외친다.

그런데 말입니다

과연 '을'은 정말 갑질에 돌을 던질 수 있을까?

죄가 없는 자만이 돌을 던지라는 예수의 말처럼 말이다.

'편순이, 폰팔이, 짱깨 배달, 알바 주제에' 등등 많이 들어봤고,

어쩌면 또 무의식중에 많이 써봤을 그런 단어들이다

그것이 자신을 우위에 두고 상대를 깔아뭉개는 갑질이란 것을

모른 채 을은 병에게, 병은 정에게 그 괴롭힘을 되돌려 준다
나는 이것을 '을의 갑질'이라 부르고 싶다.

경비원에게 상한 음식을 주는 사람들
나이 어리다고 종업원에게 반말하는 사람들
대리운전기사님을 종처럼 부리는 사람들
오토바이 탄 배달원들에게는 비난의 시선을 보내는 사람들
노숙자들을 혐오스럽게 쳐다보는 사람들
동남아 사람을 두고 한국말로 욕하는 사람들
돈 없는 사람에게는 능력 없다고 인간 취급 안 하는 사람들.

그들이 어떤 삶을 살든, 우리에게 갑질을 당할 이유가 없다
갑들의 갑질에는 보이콧도 마다하지 않는 을들에게,
또 다른 갑질을 만들지 말아달라고 부탁하고 싶다.

지위, 직업, 성별, 나이 불문하고,
피해 안주며 열심히 사는 이들에게 이제 갑질은 그만두자.

갑도, 을도, 병도, 정도 다 같은 사람들이다
갑질을 논하기 전에 우리 생활 속의 '을의 갑질'을 먼저 고쳐보자
서로가 서로에게 온기 있는 시선을 주고받으며 살아보자
당신의, 우리의 작은 행동 하나가 세상을 바꿀 테니까.

어려운 부탁일까?

금녀의 구역

화장실에 들어가려는 데 팻말이 걸려있다.

"남자 직원이 화장실 청소 중입니다.
불편을 끼쳐드려 대단히 죄송합니다."

여자 화장실에는 남자가 들어오지 않는다
혹시라도 남자가 들어오는 일이 생긴다면 이렇게 안내를 해준다
하지만 남자 화장실에는? 청소하시는 아주머니,
즉 여자가 아무렇지 않게 들어가 청소를 하신다.

금남의 구역은 있어도, 금녀의 구역은 없는 화장실.

공동화장실에만 가도 안절부절못하는 나라는 여자는
저 팻말들을 보며 남자 화장실을 상상하곤 한다.

서서 볼일을 보는데, 파티션도 낮은데,
아무렇지 않게 바닥을 청소하시는 아주머니를
마주하며 당황했을 남자들의 마음을.

화장실이라는 공간은 사적이고, 비밀스러운 공간이다
그 공간에서는 여자와 남자의 성별이 중요하지 않다
모두 다 들키기 싫어하는 모습을 가진 '사람'일 뿐이다.

별것 아니지만, 그 별것 아닌 것으로
존중받고 있다는 마음이 드는 사람들이 생각보다 많다
지금까지 그래왔다고 해서, 당연한 일이라고 해서
화장실에서 겪어야 할 남자들의 불편함이 사라지진 않는다.

언젠가 남자 화장실에도 이런 팻말이 붙어 있으면 좋겠다.

"여자 직원이 화장실 청소 중입니다.
불편을 끼쳐드려 대단히 죄송합니다."

언젠가 다 돌려받으니, 걱정 말지어다

세상은 불공평해.

착하게만 살았던 사람은 불의의 사고를 당해

나쁜 짓만 한 사람은 세상 속에 숨어 잘 살아가지

누군가를 아프게 한 사람은 그 사람이 울 때 웃고 있어

타인의 일에 나서서 정의롭게 도와준 사람은 목숨을 잃기도 해.

착하고 정의롭게 산 사람에게는 보상이 없어

나쁘고, 불성실하게 산 사람에게는 벌이 없어

내가 바라본 세상은 그랬고, 그게 억울해서 가끔 혼잣말을 하곤 해.

"신이 있으면 이런 일이 없어야 하는 거 아니야???

이래서 내가 신을 안 믿는 거라고!"

그렇지만 그나마 위안이 되는 건, 인과응보가 있다는 거야

없는 것 같지만 기다리다 보면

"오예 쌤통이다"하고 할 날이 온다는 것.

자신이 저지른 모든 일들을 다 돌려받는다는 것

그러니 씩씩대지 말고 화병에 걸리지도 말라는 것.

죄를 지은 사람은 어떤 방식으로든 되돌려 받을 거야

누군가에게 내뱉은 상처를 다른 누군가로부터 똑같이 당할 거야

착하게 산 사람들은 지금 당장 어떤 보상도 없지만,

언젠가는 예기치 못한 행운이 찾아올 거야.

내가 겪은 인과응보를 들려줄게.

나는 남에게 말로 상처 주던 사람이었어.

남 욕을 그렇게 잘하고, 그 말로 다른 사람을 울리기도 했어

그리고 세월이 흘러 난 우울증으로 괴로웠고

돈이 없어 신용불량자 명단에 오르기도 했고

당장 보증금이 없어 길거리에 나앉을 뻔하고

때로는 이 모든 걸 한 번에 겪기도 했지.

설명할 수는 없지만 다른 사람에게 준 상처에 대한 벌이라고 생각해.

또 어느 날은 인턴한지 20일 만에 당일 해고 통보를 받았어

하늘이 무너지더라. 누구도 '수고했다, 고생했다'는 말도 없었고.

울면서 짐을 챙겨왔어. 근데 이게 무슨 일이야!

그 회사가 내 개인 정보를 무단으로 이용했네?

그건 형사 처분 건이었어. 그 덕분에 진심 어린 사과를 받았지.

또 나를 잔인하게 차버린 남자가

잊힐 때쯤 미안하다, 잘못했다고 연락이 오더라.

하지만, 난 다 잊었으니 행복하게 살라고 했지

마음이 후련하더라. 나만큼 당신도 아팠구나 싶었어.

상처 준 이에게 복수할 수 없어서 안타까워 마

상처 준 누군가는 다른 형태로, 다른 일로 벌을 받게 될 거야.

난 믿어, 인과응보.

'푸른 소금'이란 영화 알아?

거기서 배우 송강호가 이런 말을 해

사랑에는 빨간색도 있고, 보라색도 있고, 파란색도 있다고

저녁에 자려는 데 이상하게 그 말이 맴돌더라.

왜, 우리는 꼭 하트를 그리면 빨간색으로 색칠하잖아

그래서 나름대로 생각해 봤지.

연인 사이의 사랑은 불같고 열정 넘치니까 빨강색

부모와 자식 사이의 사랑은 대가가 없으니까 투명한 색

친구와의 우정과 사랑은 의리 있고 변치 않으니까 파랑색

존경하는 이에 대한 사랑은 보라색

나는 각각의 하트 모양에 이렇게 색을 채워봤어.

사랑의 색을 정의하는 건 각자마다 다를 거야

근데 확실한 건 말이야,

'사랑'은 꼭 연인 사이만을 의미하지는 않는다는 거였어

아주 수많은 사랑이 존재한다는 걸, 알게 해준 날이었어.

이성 간의 사랑만을 사랑이라고 생각했던

편견을 깨버린 그런 날이었어.

당신의 하트는 어떤 색으로 채워져 있을까?

궁금해.

돈 is 뭔들

돈이 전부라고 생각하는 사람들이 있다
돈을 잃으면 인생 전부를 잃는다고 생각하는 그런 사람들이 있다
그들의 기준에서는 돈과 관련된 일이 아니면,
모두 다 쓸모없는 일이고, 시간 낭비하는 일로 단정 짓는다.

책을 읽는다고 해서 돈이 나오는 것도 아닌데 읽지 말라고
그 시간에 차라리 어떻게 해야 돈을 벌지 고민하라고
또 암에 걸려 죽음의 문턱까지 갔다 왔으면서도 돈에 대한
욕심을 버리지 못해 늘 계산기 두드리는 소리가 들리는 사람도 있고.

돈이면 뭐든 할 수 있는 세상이다
돈으로 살 수 없는 게 뭐가 있겠어
돈 있는 사람에겐 시간도 살 수 있는데, 안 그래?

근데 돈이 전부가 아닌 사람도 많다는 걸 알았으면 해.
돈은 그저 인생을 살아가는 데 의식주를 해결하고
인간다움을 유지하기 위한 최소한의 정도만 있어도
행복한 그런 사람도 있다.

돈이 좋고, 돈이 목숨보다 더 소중하다면 그렇게 살아도 좋아

그렇지만 돈에 대한 가치관이

당신과 다른 사람을 한심하게 보진 말아줘.

2012년 대학 졸업 후 약 30개의 이력서

2014년 대학원 휴학 중 약 180개의 이력서

2015년 대학원 수료 후 약 80개의 이력서

2016년~17년 알바, 계약직 전전하며 100개의 이력서

최종 합격은 하지 못했고, 합격 조회 시 '불합격'이라는
글이 익숙해지면서 자존감이 바닥을 치던 취준생.

그 시기는 정말 불도 없던
지구 태초의 어둠과 같은 그런 암흑기였다.

아침에 일어나 갈 곳이 없는 것, 할 일이 없다는 것에 슬펐고
나는 사회에서 쓸모없는 인간이라는 생각에 우울해졌다.
그런 내가 가장 많이 듣던 말은
"눈을 좀 낮춰봐. 너무 상향 지원 하는 거 아니야?" 였다.

SKY석사 수료, 토익 925, 대학 성적 4.15, 7학기 조기졸업,
자격증 7개, 만년 장학생, 봉사활동 200시간, 대외활동 등

내 스펙은 대충 이랬다.

인턴, 계약직, 초대졸 전형에도 다 서류를 넣었다
그런 내가 눈이 높을 리가 있을까?

내가 원하는 건 안정적인 일자리로 월세, 학자금,
아끼면 원하는 것을 살 수 있는 정도의 급여를 주는 회사였다
그런 것조차 허락되지 않던 내 삶이 너무 싫었다.

그러니 부디 취준생에게
'눈을 낮춰라, 욕심을 버려라' 하는 말은 하지 말아주기를
그들은 이미 최대의 노력으로 최저선 까지 내려갔으니.

기나긴 취준생을 거치며 N포세대의 표본이 됐다.
놀기에는 돈이 없고, 취직한 친구들 사이에선 소외됐고
연애도 내 자신이 부끄러워 포기했다.
"직장 다니세요?"라는 질문에 취준생이라고 말 할 때마다
나는 먼지처럼 작고 가벼워졌다.

그래, 나 취준생인데, 놀고먹는 사람은 아니야

나도 일하고 싶고, 내 힘으로 살고 싶어

그게 그리 큰 욕심인가? 그게 눈이 높은 걸까?

그러니까 그런 되도 않는 말로 상처 주지 말자

'안'하는 게 아니라 '못'하는 거야.

세상의 모든 취준생 분들께

나는 당신의 노력을 응원합니다.

결코 당신들의 능력과 노력이 부족해서도 아니고

그저 사회가 그렇게 어려워졌을 뿐이에요.

절망하지 말고 꼭 고난 끝에 행복해지기를 간절히 기원합니다.

엄마는 언제부터 엄마였어?

"엄마.."

"오야, 우리 딸랑구"

"엄마는 언제부터 엄마였어?"

우리가 태어나면 가장 먼저 배우는 말, '엄마. 아빠.'

어릴 때 엄마의 이름은 엄마인 줄 알았다
엄마 이름은 '백금란', 아빠 이름은 '오성대'라고,
어릴 때부터 배워왔지만 이름이 무엇을 의미하는지 몰랐다.

엄마는 내가 태어나는 순간부터 자신을 잃어버린다
이름이 없어지고 'ㅇㅇ엄마'라고 불리며 살아간다
분명 엄마도 당신의 이름 석 자로 불리던 때가 있었을 텐데,
하지만 지금은 '미경아!'라는 소리에 엄마가 뒤돌아본다.

잃어버린 엄마의 이름을, 엄마의 삶을 찾아주고 싶었다
아무런 불평도, 불만도 없이
나의 엄마가 되는 것을 주저하지 않고 선택한 엄마.

영화 '센과 치히로의 행방불명' 봤어?

거기서 주인공이 자신의 이름을 기억해 내야만

자신이 원래 살던 세상으로 돌아올 수 있잖아

이름이라는 게 그런 거 같아.

그렇게 중요하고 소중한 거였어.

그러니 엄마도, 아빠도,

이제 진정으로 자신의 이름을 되찾아 자신의 삶을 살아가요

그동안 소중한 당신의 이름을, 인생을 빼앗아 죄송했어요.

백금란 귀하, 오성대 귀하께,

- 못난 딸 올림 -

'수저' 얘기는 그만하기로

살기 퍽퍽해지고, 노오력 만으로는 먹고살기 힘든 지금!
'금수저, 은수저, 흙수저..' 이런 수저 얘기가 열풍이었지
이런 얘기가 나올 때 나는 우스갯소리로 이렇게 말했다.

"난 수저조차 없어. 맨손으로 먹는데?"

문득, 저 말을 우리 부모님이 들었다면?
가슴이 철렁 가라앉았다
내가 나를 낳아주신 부모님을 고작 '수저'로 평가하다니.

이에 대한 반격이라고 해야 하나? 어느 뉴스에서
부모님들도 자식들을 금자식, 은자식으로 나눈다 하더라
웃긴 건 그 기사의 댓글 대부분은 어이없다는 말이었어
'어떤 부모가 자식을 저렇게 평가'하느냐고.

그렇다. 부모들은 자식을 평가하지 않는다
수저 얘기에 "부모가 못나서 네가 고생이다"라고 하실 뿐
"넌 왜 금자식이 아니니?"라고 하시지 않는다.
무엇이든 해주고 싶은 게 부모의 마음이라고

무엇이든 해주지 못해 가슴 찢어지는 게 부모의 마음이라고
다 헤아릴 수 없지만, 그렇다고.

어느 날 아침을 먹고 있는 내 옆에 엄마가 앉아 계셨다
가만히 날 바라보시다 눈시울을 붉히며 내 손을 잡으셨다.
"이 고운 손으로 네가 하고 싶은 미술 시킬 것을.
이 고운 손으로 피아노라도 가르쳐볼 것을. 엄마가 미안하다.
우리 딸. 엄마가 못나서 미안해."

난데없이 밥상 앞은 눈물바다가 되었고 파도가 일렁였다.

"엄마. 나 그림도 못 그리고 피아노도 못 쳐. 나 소질 없어.
엄마가 하지 말라고 했어도 내가 정말 하고 싶었으면 했을 거야."
웃고 있었지만 눈물 젖은 밥을 꾸역꾸역 밀어 넣던 아침이 떠오른다.

부모란 당신이 가진 모든 걸 다 주고도
늘 못해줘 자식에게 미안하다 말하는 그런 존재다
그러니 수저 얘기는 여기서 그만하기로.

혼자 있는 자유, 혼자 있는 외로움[1]

혼자이고 싶은 때가 있었다

그 누구의 방해도 받지 않고 구속 없는 완벽한 자유.

그래서 철저한 혼자가 되어보려고 작정했다.

처음에는 해방감을 느꼈다

다음에는 독립심을 느꼈다

지금은 외로움을 느낀다, 그것도 아주 고약한 외로움.

있잖아, 사실은 나 혼자인 거 싫어. 외로운 거 싫어

싫은 걸 넘어서서 무섭다? 구속받아도 좋으니 외롭고 싶지 않아.

원래 혼자인 나를 비참하게 하지 않으려고

곁에 아무도 없는 나를 슬프게 하지 않으려고

자유라는 이름으로 외로움을 숨겨 왔다.

---

1) 뮤지컬 서편제 넘버 제목. '혼자 있는 자유는 혼자 있는 외로움'

그러다 알게 됐어

완전한 혼자라는 건 철저한 외로움이란 걸.

"제발 날 혼자 두지 말아줘."

듣는 이도 없는 허공에 내뱉은 말

어디에서도 대답은 들리지 않고, 메아리조차 없어

고요만이 날 감싸 안고 놓아주질 않아.

거울아, 거울아 누가 제일 힘드니?

거울 속에 퀘-엥한 눈의 사람이 서있다.

카페인에 중독되어 덜덜거리는 손으로
거울에게 묻는다.

"거울아, 거울아. 세상에서 누가 제일 힘들어 보이니?"

거울이 답한다.

"(답은 정해져 있고, 난 그냥 말하면 되는 거지?)
당신이 제일 힘들지. 암 그렇고말고"

잘 아네, 맞아! 내가 제일 힘들어
아 힘들다. 엄청 힘들다. 겁나 힘들다!

세상에서 제일 힘든 일이 뭐냐고?

'내가 하는 일'

이해하지 말고, 이해받으려 말고

우리는 그 누구도 완벽하게 이해할 수 없다

또 누군가를 '이해'하려고 해서도 안 된다

그저 받아들이는 것 외에는 할 수 있는 게 없다.

"아! 저 사람은 저렇구나."하고 이해가 아닌 수용.

살다 보면 이해받지 못할 일투성이야

이해받지 못한다고 해서 잘못된 일도 아니고

이해받는다고 해서 무조건 잘한 일도 아니야.

굳이 남에게 이해받으려 발버둥 치다 상처받지 말고

부디 남에게 이해할 수 없다며 상처 주지 말고

흐르는 대로 살아가는 거야.

'이해'라는 단어를 기준으로 세상을 바라보면,

당신도 누군가에겐 이해할 수 없는 별종이 될 수도 있어.

남의 이해에 연연하지 말고, 자신을 가로막지 말자

타인을 이해의 잣대에 올려두고 평가하지 말자

우리는 그저 다른 사람일 뿐, 그게 전부야.

잘 모르는 사람에 대해 평가를 내리면 안 되는데

나도 모르는 사이 '이런 사람은 이럴 것이다'라는 공식을 세우고

그 사람의 진짜 모습은 알려고 하지 않고 있더라.

클럽 가는 사람 = 놀고먹기를 좋아하는 사람

욕하는 사람 = 인성이 덜 된 사람

게임하는 사람 = 시간 낭비하는 사람

과소비하는 사람 = 허세 가득한 사람

.

.

.

말로 다 할 수 없는 이런 편견을 가지고 있었어.

어느 날부턴가 그 편견과 색안경 낀 시선들이

나에게 되돌아오더라

내가 남을 평가하면서 남도 날 평가할 것이라고는

생각하지 못한 바보.

225

그런 나에게 직업이 무엇이냐,

취미가 무엇이냐 물으면 이렇게 말하지.

"전 경제학을 전공했고, 책 읽고, 뮤지컬 보고, 그림 그리는 걸

좋아하고, 모르는 걸 알아가는, 공부를 좋아해요. 독서모임도

하고요."

그럼 대부분의 사람들은 반응이 놀랍도록 똑같아

"술 모임을 가장한 독서모임 아니에요? 만화책 좋아하는 거죠?"

아니라고, 정말이라고 말해도 안 믿어. 절대로

거짓말하지 말라고 그런다? (억울해서 복장 터져 죽음)

다른 사람들 눈에 비친 나의 모습은 흔히 말하는 '쎈 언니'였던 거야

첫인상 또한 시크하고 찬바람이 싱싱 불어온다고,

먼저 말이라도 걸면 왜 말거냐면서 욕하고 인상 쓸 거 같다고,

나를 알던 사람들이 후에 들려준 나의 첫인상이었다.

"아... 나는 그런 사람으로 보였구나."

처음에는 억울했지만, 곧 받아들였지
내가 모르는 이들을 내 멋대로 판단했듯이
남도 나를 그들만의 기준으로 판단했구나, 하고 받아들였어.

그래서 나는 겉모습으로 평가하지 않으려고 해
곁에 오래 두고 보면서 어떤 사람인지 알아가려고.

툭.

투둑

투드득.

주르르륵....

비가 오는 소리인가 했는데 눈물이 떨어지는 소리.

눈물이 투-욱 하고 밥그릇 위로 떨어지기도 하고

눈물이 투-득 하고 일기장으로 떨어져 잉크가 번지고

눈물이 톡 하고 핸드폰 액정으로 떨어지기도 하고

눈물이 주르륵 흘러나와 온 배게 위를 적셔버리기도 한다.

눈물이 많은 나에게 사람들은 이렇게 말한다

"이런 일로 울면, 앞으로 이 험한 세상 어떻게 살래?"

"운다고 달라지는 거 없어. 너만 손해야."

"운다고 해결되는 줄 알아? 어디서 눈물을 보여? 뚝 그쳐!"

맞는 말이야.

근데, 한 번씩 고장 난 엔진처럼 통제가 안 되는걸

터져 나오는 웃음을 참아낼 수 있니?

배에서 꼬르륵하고 나오는 소리를 숨길 수 있니?

기분이 좋아 흥얼거리는 콧노래 멈출 수 있니?

그거랑 같아. 참을 수 없어서 터져 나오는 거야

꾹꾹 눌러도 더 이상 마음에 담아 둘 자리가 없는지

눈물이 폭포수처럼 쏟아질 때가 있어.

판다처럼 눈 화장이 다 번지고, 콧물을 줄줄 흘리며 울어 버렸지

근데 있잖아. 그렇게 울고 나니까 이상하게 속이 후련하더라.

울어봤자 나만 손해라고? 맞아.

근데 이게 카타르시스가 될 수 있어.

눈물 흘린다는 거, 목 놓아 울어버린다는 거,

그걸로 그동안 먼지처럼 쌓인 안 좋은 감정들을

모두 씻어낼 수 있다면, 그다지 손해는 아닌 것 같아.

아니, 오히려 약이 되더라고

그 어느 때보다 더 환하게 웃을 수 있게 되더라.

왜, 그토록, 크리스마스는

12월 25일, 크리스마스

앞으로 내가 살아가면서 짧으면 20번 길면 80번까지도

다시 다가올 이 날, 크. 리. 스. 마. 스.

생각해보면 이 세상에서 특별하지 않은 날, 숫자는 없는 거 같아.

1월 29일은 누군가를 처음 만난 날일 거야

4월 30일은 누군가의 첫 입사일일 거야

2월 15일은 누군가의 기일일 수도 있어

8월 28은 누군가의 생일일 수도 있겠지

11월 17일은 누군가가 이별한 날일 수도 있겠다.

이렇게 따지고 보면 어느 날짜도, 어느 숫자도

소중하지 않은 날이 없을 거야.

근데, 그중에서도 크리스마스는 왜 그토록 나를 외롭게 만드는 걸까.

어떻게 보면 모든 날이 특별한 날일 수도

어떻게 보면 모든 날이 아무 의미 없는 날일 수도 있는데

1년 중 하루, 살아 있는 동안 매번 돌아올
12월 25일이라는 날짜는 왜 그토록 날 고독하게 할까?

어릴 때 크리스마스는 온 가족이 모여 트리를 장식했었고
중고등학생 때 크리스마스는 친구들과 함께 추억을 만들었고
29살이 된 내게 크리스마스는 1년 365일 중 하루에 지나지 않는다.

어쩌다 크리스마스에 혼자인 게
불쌍한 사람이라는 공식이 돼버린 걸까?
크리스마스에 혼자면
패배자로 보는 시선은 언제부터 시작된 걸까?

왜, 그토록 크리스마스는 나를 그리고 당신을 괴롭힐까
(아, 크리스마스를 손꼽아 기다리는 커플들 빼고.
안 부러워. 안 부러워. 앙, 부러워...)

내겐 그저 쉬는 날일뿐인데, 검정 날 사이에 빨강 날일뿐인데,
크리스마스에 혼자이지 않기 위해 의미 있지도 않는 사람들에게

"크리스마스에 뭐하니?"라고 묻는 사람이 되고 싶진 않다.

앞으로 얼마나 많은 크리스마스를 혼자 보내게 될지 모르겠지만

트리가 반짝이고 길거리에 예쁜 장식이 많은 곳에

홀로 서있다고 해서 서러워하지 말기를

당신과 같은 사람이 바로 여기에 있으니까.

함께해요. 솔로 크리스마스!

'무의미'의 의미

무의미, 말 그대로 의미 없음

'의미 없음'의 의미는 무엇일까.

사람들은 왜 이 세상을 살아가는 걸까.

그리 행복하지도, 즐겁지도 않은데

아침에 일어나 힘든 하루를 살아가는 이유가 무엇일까.

대부분 그저 태어났으니 산다고 한다

죽을 수 없으니 산다고 한다

의사에게 물었다. "왜 사람을 살려야만 하죠?"

답은 간단했다. "그게 저의 직업이고, 생명은 소중하니까요"

하지만, 나에겐 그보다 더 큰 의미가 필요했다

이 힘든 삶을 지속하기 위한, 포기하지 않기 위한 의미.

그런 나에게 누군가 말했다. 삶은 '무의미'의 연속이라고,

무의미하기 때문에 스스로 의미를 만들어야 한다고.

그렇다. 무의미의 의미는 '의미 없음'이 아니라
'스스로 의미를 만들어내는 것'이다.

자, 그럼 이제부터 게임을 시작해 볼까.

당신이 존재하는 이유는?

인생에는 정답도, 오답도 없어

'그렇게 살지 마라', '벌 받는다'
여기서 말하는 '그렇게'는 뭐고, '벌'은 누가 주는 걸까?

우리 모두 한 번의 생을 살고 죽고, 만약 다시 태어난다 할지라도
전생의 기억이 있지 않는 이상 인생의 답은 누구도 알지 못해.
아니 전생의 기억이 있다 하더라도 어떤 삶이 '정답'인지는 모를 거야.

인생에는 정답이 없어
'인생'이란 무엇일까 고민해봤지만 무한대∞처럼 끝이 없어.

그냥 어떻게 살든 그게 그들의 인생이고
그냥 어떻게 살든 그게 나의 인생인 거 같아.

내가 좋아하는 드라마 '청춘시대'에서 강이나 라는 캐릭터가 있어
자신이 가진 젊음과 아름다움으로 편한 인생을 살지.

그녀가 이런 말을 해.

"인생 두 번 사는 사람이 아니라면 뭐가 옳은지는 모르는 거다.

그것도 인생, 이것도 인생. 그저 그럴 뿐이다."

이랬던 이나가 점점 변하기 시작해.

길거리에서 야채 파는 아주머니

택배를 들고 힘겹게 계단을 오르는 택배 아저씨

사는 게 아니라 생존이라 불리던 삶을 사는 윤진명을 보며,

"왜들 그렇게 열심일까라고 생각했다.

삶은 싸구려 장난감보다 더 쉽게 부서지는데.

어떻게 그렇게 소중하게 여기는 걸까? 궁금했다"

하는 의문을 가져.

그 뒤 이나는 어떻게 됐냐고?

미래를 이야기하는 하우스 메이트들 사이에서 혼자 고민해.

나이가 들면 자신의 미모는 시들고 그럼 돈을 벌지 못할 테니까

스폰 애인을 정리하고, 명품을 모두 다 팔아버리고,

옷 가게에서 알바하고, 미술학원을 다니기 시작했어.

꿈이 있는, 미래가 있는 자신의 인생을 선택한 거지

물론 그 삶이 정답일지 아닐지도 몰라.

모범답안이 정해지지 않는 평생 풀어야 하는 시험지

이게 인생 아닐까?

세상으로부터 소외된 것 같은 날

아무런 이유도 없이, 아무런 생각도 없이
갑자기 내 삶이 멈춰버린 기분이 든다.

화려하게 각각의 색을 뽐내는 사람들 사이에서
흑백의 내가 홀로 멈춰 서 있다
내 세상의 시간만이 멈춘 듯 나만 빼고 흘러간다.

소외된 시간에서, 시간의 바깥에 서서
열심히 흘러가는 시간을 보며 길을 잃었다.

그냥 그런 마음이 드는 날이 있다
모두에게 공평하고 공정한 시간마저 나를 두고 가는 기분
시간으로부터 격리되어 '무'의 세계에 혼자 남겨진 기분.

왁자지껄 신나게 말하던 사람이 내가 들어서면 말을 뚝 그치듯
줄을 서서 기다리던 버스에 타려고 하자 만석이라며 날 놓고 가듯
일부러 찾아간 식당이 하필 문을 닫은 것 처럼
그런 사소한 것에서 소외감과 배신감을 느끼듯,

시간마저 날 소외시키는 그런 기분이 들 때가 있어.

이상하지?
시간이 날 떼어놓고 간다고 으름장을 놓은 것도 아니고,
사람들이 "넌 오지 마!" 하고 나를 버려두고 간 것도 아닌데
이상하게 그런 기분이 드는 날 있잖아.

나만 빼고 모두가 자기가 가야 할 길을 아는 사람들 속에서
나 혼자만 어디를 가야 할지 모르고 열심히 달려가는 사람을
지켜만 보는 그런 기분.

세상에서 소외된 것 같은 그런 날.

'순수'와 '순진'은 한 끗 차이,

바보와 백치미가 한 끗 차이인 것처럼 말야.

다 큰 어른에게 순수하다는 말은 칭찬이지만,

순진하다는 말은 이상하게도 칭찬 같지가 않단 말이지.

그런 말을 들으면 바보가 된 느낌적인 느낌이 들어

기분 탓이라고? 아니야

어린아이가 아닌 사람에게 순진하다는 말은 욕이야.

사람 말을 너무도 잘 믿는 나

장난으로 한 말을 진짜인 줄 알고 놀라는 나

그런 나에게 생각보다 맹한 구석이 있다고 놀리곤 한다.

그러다 보니 무엇이든 의심부터 하게 됐다

이제 안 속아, 안 순진해.

순진하면 당하는 세상

그 누구도 속인 사람을 욕하지 않는다

그 나이에 그런 것에 속아 넘어가는 순진한 나의 잘못이라고 한다.

어딘가 잘못 됐어

순진하단 말이 욕으로 들리는 세상.

74억 명의 시선, 74억 개의 세계

사람들은 모두 자신의 세계에서 살아간다
74억 명의 사람이 살고 있다면, 세계 또한 74억 개가 존재한다.
각자 자신의 시선으로 세상을 바라보기에
우리들의 세상은 같을 수 없다.

나의 세계에선 나의 기준이,
당신의 세계에선 당신의 기준이 절대적이다.

나의 시선으로 바라본 타인의 세계를 존중한다
타인 또한 나의 세계를 존중해주길 바란다.
자신의 시선으로 바라본 세상으로 타인의 세계를
평가하거나 점수 매기며 상처 주지 않았으면 한다.

이렇게 서로 다른 세계를 자신만의 절대적 기준으로 평가한다면,
당신은 외딴섬과 다를 것 없는 삶을 살아갈지도 모른다.

이해하려 하지 말고, 평가하려 하지 말고,

타인의 세상을 존중해줘.

그것이 당신의 세계에 피해를 주는 게 아니라면 더더욱.

공지영 작가의 "네가 어떤 삶을 살든 나는 너를 응원할 것이다" 라는 책에서 '미니멜' 이라는 천사 이야기가 나와. 보통 천사 이름은 미카엘, 가브리엘처럼 '엘'로 끝나지. 그들은 이름만큼이나 멋지고 아름다웠지만, 미니멜은 그렇지 않았어. 이름처럼 작고 보잘 것 없는 존재 같았어.

미니멜은 슬픔에 젖어 신에게 찾아가 자신을 없애달라고 해. 천사들은 신의 창조물이라 스스로를 파멸 시킬 수 없거든. 신은 과연 미니멜의 부탁을 들어 줬을까?

아니, 신은 이렇게 말해. 미니멜이 없어지면 자신이 만든 세상은 완벽하지 않을 것이라고. 그 세상에서 매일 눈물이 그치지 않을 것이라고. 자신이 만든 것 중에는 나무 한 그루, 그 안에 나뭇잎 하나, 하다못해 하늘에서 날리는 작은 눈송이조차 똑같은 게 없다고 말해. 미니멜은 미니멜이기에, 세상에서 자신이 창조한 단 하나의 존재라고 말야. 그리고 미니멜은 자신의 존재 가치를 알게 되고 감동의 눈물을 흘려.

그때의 난 미니멜 같았어. 내세울 것 없고, 누가 알아줄 만한 능력도 없고, 있어도 그만 없어도 그만인 존재라고 생각했거든. 그런데 미니멜에게 하는 신의 말을 읽고서 울고 있더라. 내가 미니멜도 아닌데 말이야.

난 무신론자이지만 지금만큼은 이 세상 모든 것을 신이 만든 것이라고 가정해보려고. 그래, 겉모습이 나와 똑같은 사람이 있을 수는 있다고 믿어. 키도, 체중도, 얼굴도, 이 세상에 나와 똑 닮은 모습을 한 사람이 있겠지. 흔히 말하는 '도플갱어' 같은 존재. 근데 그 사람이 나와 생각마저도 같을까? 나의 경험과 살아온 인생마저도 같을까? 아닐 거야. 그래서 우리는 세상에서 유일한 존재라는 거지.

반대로 인간이 만들어낸 건 얼마든지 똑같이 만들 수 있어. 우리가 입는 옷, 먹는 음식, 앉아 있는 의자, 매일 타는 버스들. 한 치의 오차도 없이 처음 만들어진 것과 복제되어 원래의 것을 대체할 수 있어.

만약 인간을 신이 만들어낸 것이라면, 우린 모두 존재만으로도 가치가 있는 거야. 희소성, 유일성을 가진 신의 유일한 창조물인 거야.

그러니까,
세상에 존재하는 그 누구도 대체할 수 없는 우리라는 존재를,
그 가치를 외면하지 말고 사랑하고 아껴주고 존중해줘.

사람과 사랑, 네모와 동그라미

사람과 사랑은 어쩌면 같은 말일지도 모른다.

내 사람을 내 사랑이라 불러도

내 사랑을 내 사람이라 불러도

전혀 이상하지 않으니까.

단 한 가지 차이점이 있다면 네모와 동그라미

그 한 가지로 사랑은 사람을 바꾸고, 사람은 사랑으로 변하기도 해.

사랑이 오면 동글동글한 사람이 되어 행복해지고

사랑이 가면 네모 뾰족한 사람이 되어 슬퍼지지.

하지만 그 네모 가득한 각들이 다시 사랑을 만나

사람을 동그라미로 만들고, 사랑을 하는 사람으로 만들 거야.

사람, 사랑, 네모, 동그라미.

'당연'한 것도, '원래' 그런 것도 없어

부모라면 당연히 자식을 위해 희생해야 할 줄 알았어
날 좋아하는 사람이라면 난 원래 이런 사람이니까,
상대방이 맞춰줘야 한다고 생각했어.

"엄마이면 자식한테 당연히 용돈 줘야 하는 거 아니야?"
"당연히 네가 데리러 와야지. 장난해?"
"난 원래 돌려서 말 못하는 사람이야."

지금 보면 부끄러워 지구 밖으로 증발하고 싶다.
언제나 아무렇지 않게 내 것처럼 받아 왔던 것들이
사실은 날 위한 배려라는 것,
당연한 것이 아니었다는 것을 몰랐다
그들은 내게 당연히 그래야 할 이유도,
원래 그래야 할 이유도 없는데.

맡겨놓은 걸 내놓으라는 듯이,
그들에게 무엇이든 요구하고 있던 내가 너무 한심하더라.

그래서 '당연'이라거나,

'원래'라는 말을 많이 쓰는 사람을 멀리하게 됐어

나 또한 그런 생각을 끄집어 내 멀리 던져 버렸고.

그저 감사하게 생각하려고.

'당연'한 것에 대하여

'원래' 그런 것에 대하여.

케이크를 든 가장의 뒷모습

특별한 날이든, 아니든 나이 지긋한 남성의
손에 들린 케이크나 꽃을 보면 마음이 온기로 가득해진다
그 뒷모습이 사라져 보이지 않을 때까지 지켜보며 미소 짓는다.

그 케이크와 꽃다발은 아마도 자신을 위해 산 것이 아닐 것이다
가족의 생일이거나, 아내와의 기념일이거나
가정에서 축하할 만한 일이 있기 때문이라고.
(불륜이라고 찬물 끼얹지는 말아줘, 내 낭만이란 말이야)

무뚝뚝함과 강인함만을 요구받던 시대의 남성들이
빵집에 들어가 케이크를 고르고, 꽃집에 가 꽃을 고르며
그것을 집으로 가져가기까지 스스로 얼마나 어색했을까?
그런 어색함을 무릅쓰고도 가벼운 발걸음으로 가는
뒷모습을 바라보고 있으면 형언할 수 없는 행복감이 찾아온다.

그리고 그런 날이면,
어릴 적 크리스마스 날, 트리가 없는 삼 남매를 위해
눈 가득 쌓인 산에서 나무를 베어와 갖다 놓은 아빠 생각이 난다.

251

당신은 그런 것 한번 챙기지 않았을 것이면서,

무슨 케이크가 있는지, 케이크 이름은 왜 이렇게 어려운지,

꽃 이름이 무엇인지조차 모르면서

가족을 위해 꽃과 케이크를 손에 든 그 모습에

어찌 미소 짓지 않을 수 있겠는가.

기쁜 눈물, 슬픈 웃음

보통 우리는 많이 웃고 적게 우는 걸 행복이라고 생각해
그게 잘 사는 삶이라 생각하기도 하고.

근데 기쁜 눈물도 있고, 슬픈 웃음도 있어.

내가 생각해도 못할 것이란 일을 힘들게 해냈을 때
감동적인 영화를 보거나 뜻밖의 행운을 만났을 때
감격스러워 기쁨의 눈물을 흘렸어.

헤어지는 사람에게 내 마지막 모습 못나 보이지 않으려고
힘들지만 내 걱정을 하는 주위 사람 생각해서 마지못해
슬픈 웃음을 지어 보였지.

그러니 눈물 흘려도 괜찮아,
웃지 않아도 괜찮아.

눈물, 웃음, 그게 다 무슨 상관이야
마음이 먼저인 걸.

253

'관심' 사랑의 시작

"뭐 해? 밥 먹었어?"

"어떤 거 좋아해?"

"지금 어디야?"

"집엔 잘 들어갔어?"

하루의 시작과 끝까지, 모든 것이 궁금한 사람

당신에게 관심이 있는 사람이다.

그 관심과 질문이 귀찮더라도

그건 당신에게 사랑이 시작됐다는 것을 알리는 용기다.

당신에게 아무것도 묻지 않는 사람은

당신에게 아무런 마음도 없는 사람이다.

그러니 당신의 하루가 몹시 궁금하고,

모든 것을 알고 싶어 하는 그런 사람이 있다면

사랑이 시작됐다는 것을 알아주기를.

누군가의 관심을 받으며

수많은 질문을 받고 있는 당신,

축하합니다.

(하루 종일 당신 뒤통수를 지켜보며 감시하는 직장 상사는 제외)

사랑, 끝나봐야 알 수 있는 것

누군가와 사랑에 빠졌을 때,

지금 느끼는 이 감정이 '사랑'이라고 믿어 의심치 않아

"이게 정말 사랑이라는 것이구나!" 하고 믿어.

근데 정말 사랑했는지는,

그 사랑이 끝나고 나서야 알게 되는 것 같아

꼭 헤어지고 나면 이런 말 많이 하잖아.

"생각해보니까, 나 그냥 외로워서 만난거지 사랑은 아니었나 봐."

"몰랐는데 나 정말 사랑했어. 너무 힘들어. 잘해주지 못한 것만

생각나" 라는 말을 심심찮게 듣잖아.

그뿐인가, 그 사람도 날 진심으로 사랑은 했을까 하고,

상상 속에 빠져 "사랑했다, 안 했다..." 혼잣말을 하고 있지.

"너... 나 사랑하긴 했니?" 이런 말 한 번쯤 안 해본 사람 있겠어?

그래서 사랑의 진가는 '끝'이 있어야 알 수 있는 게 아닌가 싶어

또 한편으로는 진짜 사랑이라면,

'끝'이라는 게 없지 않을까 싶기도 해.

'진짜 사랑'이라는 거, 도대체 뭘까?

어렵다, 어려워.

어린아이가 귀신을 무서워하는 건 당연하지만

다 큰 어른이 귀신을 무섭다고 하면,

"그 나이 먹고 귀신이 무섭냐?" 하는

귀신보다 더 무서운 말이 되돌아온다.

'무서움'을 느끼는 것에 나이가 어디 있어!

누군가는 높은 곳을 무서워하고,

누군가는 개를 무서워하고,

누군가는 땅콩을 무서워하고,

나는 벌레와 귀신을 무서워하고.

(물론 벌레 입장에서는 거대한 나를 보고 더 무서워하겠지만)

어른이라고 해서 무감각해지는 게 아닌데

어른이라는 이유로 무엇도 무서워하면 안 된다는 우리 사회.

어쩌면 이 사회가 가장 무서운 것 같아.

영화 'Me Before You'와 이기심

원제를 '너이기 전에 나 먼저'라고 직역해봤어. (영어 못함 주의)

'나' 먼저 생각하는 게 정말 이기적일까?

온몸이 마비되어 혼자 힘으로 할 수 있는 건

말하고 손을 움직이는 게 전부인 사람에게

자신이 그 사람을 사랑한다는 이유만으로

"날 위해 살아줘요"라고 감히 말할 수 있을까.

무엇이 더 이기적일까.

살면 살수록 고통은 더 심해지고, 언제 죽을지 알 수 없는데

그런 삶을 단지 '사랑'이라는 이유로 계속 살아달라는 것

아니면 사랑하는 이들에게 상처주고 스스로 죽음을 택하는 것.

우리가 그 사람이 되어보지 않는 이상 고통의 크기는 상상할 수 없다.

육체적 아픔 말고도 매일 인간답지 못한 삶을 사는 정신적 아픔을

우리가 어떻게 헤아릴 수 있을까.

그러니 죽을병에 걸려 치유할 방법이 없는 그 사람이

그만 살고 싶다고 해서 그에게 이기적이라고 하지 말아줘.

그게 그의 행복이라면,

그게 그 사람의 선택이라면 존중해주고 싶어.

행복의 기준은 누가 정해놓은 것이 아닌 나만의 것이니까.

인생은 한 권의 책과도 같아.

하루하루가 책 한 페이지에 기록되듯이 말이야

모두에게는 자신만의 인생을 주제로 한 한 권의 책이 있는 거지.

그런데, 사람 인생이 이렇게 여러 페이지인데,

우리는 사람의 한 부분,

어느 순간의 모습만을 보고 판단을 내려.

그 수많은 페이지 중 딱 한 페이지만 읽어놓고

이 사람은 이런 사람일 것이라고 결론지어 버리곤 해.

혹시 오늘 별것도 아닌 일에 씩씩대는 사람을 봤다고 해보자.

그 사람은 무엇을 해도 되는 일이 없던 그런 날이었을 수도 있어

오랜 친구에게 배신당해 너무 화가 나는 날 일지도 몰라

아니면 회사에서 권고사직을 당했을지도 모를 일이지.

또 길거리에 앉아 대성통곡하는 사람을 봤다고 해보자.

누구는 쯧쯧 거릴 수도 있고, 걱정을 할 수도 있고,

저마다 다른 평가를 하겠지.

만약 그 전화가 자신의 가족이 영영 세상을 떠났다는,

그런 전화를 받은 직후였다고 생각해본다면 어떨까

그 사람에 대한 시선과 판단이 달라지지 않을까?

무슨 상황인지 우리는 전후 사정을 모르잖아

그 순간만으로 판단하는 거잖아.

또 만약 그런 일이 당신에게도 생길 수 있지 않을까?

그러니까 우리, 아주 잠깐 스쳐가는 모습으로,

겉모습만으로 누군가를 평가하지는 말자.

책의 한 페이지만 보고서 책 한 권을 다 읽었다고 할 수 없듯이-

궤도를 이탈한 행성처럼

인생은 계획대로 되는 법이 없다

계획대로 맞춰 살 수 있다면, 그건 인간이 아닌 신의 생이야.

인간의 생에서는 예상치 못한 '변수'들이 툭 튀어나오니까.

오늘 아침, 몇 분 후 도착한다는 버스를 타려 나갔는데

눈앞에서 보란 듯이 지나가버리는 변수.

중요한 문서가 저장된 USB를 챙겨놓은 가방 말고

신나게 다른 가방을 들고 룰루랄라 회사에 와서 아차 하는 변수.

이렇게 사소한 변수는 우리의 하루에,

내일에 큰 영향을 줄 수 있다.

태양을 중심으로 잘 따라가던 행성이 궤도를 벗어나

어디로 향하는지도 모른 채 떠돌듯이, 인생 또한 그렇지 않을까?

그러다 궤도를 이탈한 행성이 또 다른 궤도에 들어갈지도

예상치 못한 또 다른 변수를 만나 산산조각 날 수도

아니면 스스로가 구심점이 되어 다른 행성의 중심이 될지도

그건 아무도 모르는 일.

263

우리 인생에서도 '변수'는 어떻게 나타날지 모른다.

때로는 자신의 인생 자체를 산산조각 낼 불행을 가져올 수 있고

때로는 뜻밖의 기적을 가져다줄 수도 있다.

그렇기에 인생은 알 수 없는 불안에 긴장되고,

또 어떻게 튀어나올지 모르는 행복에 기대할 수 있는 것,

늘 반복되던 일상에 갑자기 툭 하고 던져진

럭키박스와 같은 것이 아닐까하는 생각을 한다.

나보다 더 추운, 더 아픈 사람들

최강 한파를 기록하던 시기에 냉·난방이 되지 않는 사무실에서 개인 난방 기구에만 의지한 채 일을 했다. 덕분에 감기를 달고 살았고, 온수가 나오지 않아 정수기 물을 떠다 양치를 했다. 불평불만에 구시렁구시렁 대던 어느 날 보이지 않던 사람들이 눈에 들어오기 시작했다.

살이 에이도록 추운 날씨에 장갑도 끼지 않고 폐지를 줍는 어르신들 그들이 버는 돈은 많아야 하루에 2~3천 원, 내 커피 한잔 값보다 적다.

지하철 입구에서 야쿠르트를 파는 아주머니
하루 종일 칼바람을 맞으며 일하는 아주머니의 월급은 얼마였을까.

마트 밖에서 주차안내를 하던 아저씨들
맨몸으로 추위와 마주하던 아저씨들에게 돈의 무게는 무거웠겠지.

세상 어느 곳에 시선을 두는지에 따라 불평이나 불만은 줄기도 늘기도 한다. 따뜻한 커피를 마시며 내가 마주한 사람들을 생각했다.

나보다 더 나이 들고, 어쩌면 어딘가 아플지도 모르고
독립해 사는 나와 달리 부양해야 할 가족이 있을지도 모를 그들
그 추운 날씨에도 나와서 생을 이어나갈 수밖에 없었던 사람들.

우리의 추위가 그들의 추위에 비할 수 있을까
우리의 아픔이 그들의 아픔에 비할 수 있을까.

그저 이렇게라도 먹고 살 수 있는 내 삶에 감사하기로 했다.

기억하자.
세상에는 노력도 없이 많은 것을 가지고 태어나 우리를 열등감
에 놓이게 하는 사람도 있지만, 다른 한편으로 우리보다 더 춥
고 아픈 사람들 또한 많다는 것을, 그러니 지금 주어진 삶에 감
사하기를.

요즘 것들은...? 응?

어느덧 "요즘 애들은 겁도 없어." 라거나

"요즘 애들은 애가 아니라니까? 얼마나 무서운데" 라는

말을 서슴없이 내뱉다가 아차 싶었다.

'요즘 애들'이라는 표현에서부터 이제 난 요즘 애들이 아닌 것이다

내가 벌써 '요즘 것들은 쯧쯧'이라고 말하는 꼰대가 됐다는 것이다

내가 나이가 들었다는 것이다!

인정하고 싶지 않았으나, 오빠라고 부르던 아이돌들이

이제는 나보다 한참 어리고 애기처럼 보이는 걸 어찌 부정하랴.

군인 아저씨에서, 군인 오빠가 됐고

군인 오빠에서, 군인 친구가 됐고

군인 친구에서, 군인 동생이 됐고

이제는 군인 아가들이 되어버렸다.

세월이라는 게 무섭다는 거, 이런 의미였나 싶다

아무도 모르는 사이 휙 하고 지나가 버려서,

정작 그때는 그게 젊은 줄 모르고 젊음을 그냥 보내 버려서.

(이런 말하면 우리 언니가

"야, 너도 어리거든?" 하며 내게 등짝 스매싱을 날리겠지.)

웃자고 한 말에 죽자고 달려든다고들 말한다.

그저 그냥 내뱉은 말인데 '진지충'처럼

왜 그러냐고 벌레로 만들기도 한다.

'쿨'하게 살면 되지 뭐 하러 그렇게 진지하냐고 묻기도 한다.

진심을 내보이는 게 찌질한 게 되어버린 세상.

아픈 것이든, 슬픈 것이든, 힘든 것이든 그저 '쿨병'에 걸려

아무렇지 않은 듯 툭툭 털고 일어나 티 내지 않아야만 하는 세상.

그렇지 않으면 나약하다고, 왜 그렇게 유도리가 없냐고 질타하지.

그러면서도 아이러니하게 진심을 원해

말로는 한없이 가볍고 언제든 훌훌 털어버릴 수 있는 걸 원하지만,

막상 눈앞에 그런 상황이 닥치면 진심을 보여주길 바라.

세상에서 '진심'이 없어져 버린다면, 흉흉해서 어떻게 살아갈까?

진심은 부담스러운 게 아니야

사실은 꺼내 보이면 약점이 되고, 받는 입장에서는 그만큼 줄 수 없고,

또 주는 입장에서는 상처받고 아플까봐 무서웠던 거야.

가벼운 게 나쁜 것도 아니고,

진심이 무조건 좋은 것도 아니지만,

요즘같이 '가벼움, 쿨, 시크함'을 외치는 세상에서

'진심'의 자리가 점점 작아져 가는 게 슬프다.

그런데 있잖아,

나는 찌질할지언정, 부담스러울지언정 진심을 다하려고 해.

가벼움을 추구하며 내 마음을 다 못 보이는 겁쟁이보다는

진심을 추구하며 내 마음을 다 보여주는 울보가 될래.

숫자와 소속을 지운 당신의 진짜 모습

드라마 '로봇이 아니야'에서 로봇이 주인에게 묻는다.

"주인님은 그럼 어떤 분일까요?"

"네 주인에 대해 말할 것 같으면,

첫째… 돈이 많아. 아주 많아. 그냥 막, 막 자랑해도 돼"

"그게 주인님인가요?"

"아니, 그게…아니지. OO금융을 좌지우지하는 보스! 보스야"

"그게 주인님인가요?"

주인은 말을 멈춘다. 생각에 잠긴다. 그 장면을 지켜보던 나 또
한 말문이 막히고 생각 속으로 가라앉는다.

우리는 자신을 소개할 때 O남 O녀 중 O째이고, 무슨 학교를 다녔고,
어디서 태어났고, 나이는 몇 살이고, 회사는 어디이고,
다닌 지는 얼마나 됐고, 직급은 무엇인지 말한다.
그게 의례적인 자기소개다.

그래서 생각했다.

숫자(나이, 연봉, 가족 수, 키, 체중, 연봉, 모은 돈 등등)나

소속(회사, 동호회, 학교)을 빼고 자신을 소개한다면?

무슨 말부터 시작해야 할지 입이 떨어지지 않았다.

어쩌면 이 두 가지를 지운 내가 진짜 나란 사람일 텐데

생각해 본 적이 없기에 답할 수 없다

그리고 여전히 답을 구하지 못하고 고민 속에서 헤엄치고 있다.

곧 서른을 기다리는 나이에 30년간 모르던 나를 정의하는 일이

하루아침에 이루어지기 어려운 것은 당연한지도 모르겠다.

그래서 숫자와 소속을 빼 버리고

오직 나라는 사람에 집중하여 나를 표현하는 일,

나는 어떤 사람인지 고민하는 것이 중요한 일이 아닐까 싶다

이것이야말로 내가 누구인지를 찾아가는,

인생의 평생 풀지 못할 숙제를 풀 기회일 것이라 생각한다.

숫자와 소속을 지운 당신은 어떻게 표현할 수 있을까?

일단 저지르고 보자

그리 오래 산 건 아니지만,

오래 산 사람만큼 경험은 많다고 자부할 수 있어.

그렇게 해서 느낀 게 있는데,

뭐든 시작하고 도전하지 않으면 삶에는 아무런 변화가 없다는 거야.

사람들과 얘기를 하다 이상한 점을 발견했어

그들은 늘, 무언가 하고 싶다고 말해.

"나도 그렇게 하고 싶다, 나도 언젠가 하고 싶다" 이런 식으로

근데 정작 말만 하고 아무것도 하지 않아

한 달이 지나고, 두 달이 지나고, 1년, 5년이 지나도 그대로야.

그리고 나중에 하는 말은 다들 알겠지만,

"지금 뭔가 해보기엔 나이가 너무 많아."라고 말한다?

지금이 제일 젊은데, 우린 계속 나이 들어가는 데

지금이 아니면 할 수 없는데, 아니 지금이라도 할 수 있는데

언제나 말만 하고 실천하는 것을 두려워하더라.

무언가 새로운 일을 한다는 것, 도전한다는 것,

지금까지 자신이 한 일들을 버리고 처음부터 다시 시작한다는 것,

어려운 일인 거 맞아.

근데, 하지 못하고 후회할 거면 그냥 하는 게 낫지 않을까?

나중에 '그때도 늦은 게 아니었는데' 하면서 후회하지 말고

지금이라도 '에라 모르겠다.'하고 해보는 게 더 좋은 선택 아닐까?

당장 사직서를 내고 일을 그만두라는 게 아니야

시간이 없을 수도 있고,

피곤해서 체력이 따라주지 않을 수도 있어

그렇지만 정말 하고 싶은 일이라면, 하루에 10분이라도 해보자.

못 해본 것에 대한 후회를 남기지 말고,

실패하더라도, 호되게 쓴맛을 보더라도 난 그걸 응원할래.

하고 싶은 일 있어? 그럼 하자!

오늘, 지금, 당장.

꿈과 꿈 사이

꿈(Goal)과 꿈(Dream)의 좁혀지지 않는 간극[2]

꿈(Dream) 속에 살고 싶을 때가 있었다.

그 안에서는 난 무엇이든 될 수 있었고

하고 싶은 것, 이루고 싶은 것 모든 것을 다 할 수 있었으니까.

영화 인셉션에서 약에 취해 꿈만 꾸며 살아가는

사람들처럼 그렇게 꿈속에서만 살고 싶었던 때가 있었다.

하지만 그 꿈(Goal)을 이루기 위해서는

꿈(Dream)에서 깨어나야 한다.

꿈속에만 갇혀 살게 되면 꿈과는 점점 더 멀어지기만 한다.

그래서 세상을 꿈속이라고 생각하며 살아보려고 한다.

뭐든 할 수 있다고, 무엇이든 될 수 있다고,

마음만 먹으면 하고 싶은 것, 이루고 싶은 것

---

2) 우리가 이루고 싶어 하는 꿈과 자면서 꾸는 꿈을 구별하고 싶어서 전자를 목표로(Goal)로 표기하고, 후자를 꿈(Dream)이라고 썼다. 목표와 꿈은 다르지만 대체할 다른 말을 찾지 못한 저자의 필력을 탓하기로.

모든 것을 다할 수 있다고

그렇게 내 꿈(Goal)도 이룰 수 있다고.

세상을 꿈(Dream) 속처럼 생각하기,

그리고 꿈(Goal)을 이루기.

시간 속에 멈춰 있을 수 없어

어디선가 본 글이 생각이 나.

인간은, 아니 살아있는 것들은

태어난 그 순간부터 소멸을 향해 달려간다고.

시간 또한 그래. 앞으로만 향해 달려가

시간은 멈추지 않으니 거기에 머무를 수 없어.

내가 멈춰버리면 시간은 멀리 도망가 버려

그러니 어제도, 내일도 아닌 지금을 살라고 해.

니체가 이런 말을 한 것 같아.

인생에서 우연은 없다고

지금 나의 모습은 과거 내 선택의 결과물이라고.

오늘이 지나면 과거가 되고, 과거에 따라 미래가 달라지지

오늘은 과거로부터 시작되고 미래는 오늘부터 만들어 가는 거야.

난 과거에 붙잡혀 살았지만 이제는 오늘을 살려고 해

과거는 바꿀 수 없어도 오늘을 잘 살아서,

내일은 바꿀 수 있을 테니까.

그러니까 우리, 어제도 내일도 아닌 오늘을 살자.

당연히 '내일'이 올 것이라는 생각

누구나 다 아는 것, 사람은 죽는다는 것.
하지만 아무도 모르는 것, 사람이 언제 죽는지 모른다는 것.

그렇게 죽음이 가까이 있음에도 불구하고
우리는 하루하루 당연하게 생각하면서
잠들기 전에 "내일 뭐 하지? 뭐 먹지? 뭐 입지?"
라는 고민을 한다.

하지만 그 고민들이 필요 없어질지도 모른다
다음날, 그러니까 내일이 올지 안 올지는 아무도 모르니까.

우리에게 내일이란 오지 않을 수도 있기에
아침에 눈뜨는 그 하루하루가 소중한 일이고 기적인거야.
그러니 아주 먼 30년, 40년에도 내가 살아있을 것이라고 장담하며
'오늘'이라는 기적을 그냥 흘려보내지 말자.

잠들기 전 내일 아침 일어나 해야 할 일을 생각하며
불평 할 수 있겠지만, 그래도 아침에 눈뜨면 감사하기로 하자

누구도 당신을 하찮게 대할 수 없다

세상을 살다 보면 꼭 남을 깎아내려야만
자신이 올라갈 수 있다고 믿는 사람이 있다.
그런 사람을 곁에 둔다면
당신의 자존감은 야금야금 사라질 것이다.

자신을 부각시키기 위해 당신을 끌어내리려
안간힘을 쓰는 사람이 있다면,
그게 당신에게 가장 소중한 사람일지라도 거리를 두기를.
당신에게 가장 소중한 것, 일 순위는 그 누구도 아닌
바로, 당신 자신이니까.

그 누구도 당신을 하찮게 대하지 않도록 하자
그 누구도 당신을 바닥으로 끌어내리지 못하게 하자
그 누구도 당신의 자존감을 훔쳐 가도록 허락하지 말자.

당신을 하찮게 만들면서, 지하로 던져버리면서까지
위로 올라가고 싶어 하는 사람이 가장 소중한 사람이라면,
당신의 인생은 아주 불행해질 것이다

또, 그 사람에게 당신은 가장 소중한 사람이 아닐 확률도 높다.

그러니 꼭 이 말을 기억해줘

누구도 당신 허락 없이 당신을 하찮게 대할 수 없다는 것을.

살다 보면 힘든 일이 수없이 많을 거야
한라산 겨우 넘었더니 눈앞에 보이는 건 에베레스트인 그런 삶.

그리고 살다 보면 또 이런 일들도 있을 거야
밝은 달을 함께 나누고 싶은데도 누구 하나 떠오르지 않는 그런 날
첫눈을 기념하며 서로 연락하는 사람들 틈에서 홀로 동떨어진 날
홍수 바다를 만들 만큼 눈물 흘리고 싶은데 위로해줄 사람 없는 날
억울하고 답답해서 미칠 거 같지만 그 누구도 알아주지 않는 날
외롭고 고독해서 누군가라도 날 안아줬으면 하지만 곁에 아무도 없는 날
당장 누군가의 위로가 필요해 전화를 걸었지만 전화를 받지 않는 날
속상한 일이 생겨도 술 한잔하자 하고 불러낼 친구 하나 없는 날.
모두 다 행복해 보이는 데 나만 불행한 것 같은 날.

그런 날들, 아주 수없이 올 거야.
하지만 그때마다 세상이 날 버렸다며
혼자가 되겠다고 하지 말아줘, 내가 손잡아 줄게.

그러니까 너무 힘에 겨워 지쳐서

아무것도 하지 못할 것 같은 날이 오더라도,

그래서 삶을 포기하고 싶어지는 날이 오더라도,

절망에 절망이 줄줄이 당신을 쫓아와도,

그 안에서 너무 오래 힘들어하지 않았으면 해.

그런 날, 당신은 나를 만났잖아.

그런 날에는 내가 곁에서 함께 있어줄게.

그러니 넘어지더라도 깨지고 부서지고 눈물범벅이 되더라도

내 손잡고 다시 일어나 줘. 그리고 다시 웃어줘

이게 내가 당신에게 원하는 유일한 거야.

혼자라고 생각될 때 나를 생각해줘.

세상으로부터 멀어지고 있는 당신 손 이끌고

다시 세상으로 데리고 들어오겠다던 나를 기억해줘.

기도할게

내일은 오늘보다 더 행복하기를

내일은 오늘보다 더 밝은 하루이기를

내일은 오늘보다 더 따뜻한 마음으로 집에 돌아가기를

내일은 꼭 당신의 인생에 활짝 핀 벚꽃처럼 봄이 만개하기를.

존재 자체만으로도 소중한 당신에게

내가 보내는 약속, 꼭 지켜줘.

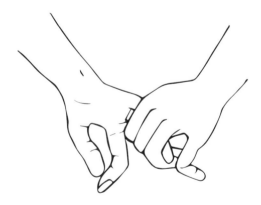

어느날, 봄

지은이 오미경

1판 1쇄 발행 2018년 7월 10일

저작권자 오미경

발행처 하움출판사
발행인 문현광
교　정 조세현
디자인 강태연

주　소 광주광역시 남구 주월동 1257-4 3층 하움출판사
I S B N 979-11-88461-37-0

홈페이지 www.haum.kr
이메일 haum1000@naver.com

좋은 책을 만들겠습니다.
하움출판사는 독자 여러분의 의견에 항상 귀 기울이고 있습니다.